21 世纪高等学校计算机科学与技术规划教材

计算机文化基础
操作指导与应用能力训练

主　编　吴连发　熊　艰
副主编　陈博政　敖　谦

北京邮电大学出版社
www.buptpress.com

内 容 简 介

本书的主要内容包括 3 部分,第 1 部分为实验,第 2 部分为应用能力训练,第 3 部分为计算机等级考试。

本书为《计算机文化基础》的配套教材,侧重于计算机操作训练和等级考试培训,以便于理论与实践的结合。

本书可用作师范院校非计算机专业本专科的大学计算机基础教材,亦可作为计算机等级考试培训用书。

图书在版编目(CIP)数据

计算机文化基础操作指导与应用能力训练/吴连发,熊艰主编.—北京:北京邮电大学出版社,2008

ISBN 978 - 7 - 5635 - 1715 - 2

Ⅰ.计… Ⅱ.①吴…②熊… Ⅲ.电子计算机—高等学校—教学参考资料 Ⅳ.TP3

中国版本图书馆 CIP 数据核字(2008)第 186025 号

书　　名　计算机文化基础操作指导与应用能力训练
主　　编　吴连发　熊　艰
责任编辑　沙一飞
出版发行　北京邮电大学出版社
社　　址　北京市海淀区西土城路 10 号(100876)
电话传真　010 - 62282185(发行部)　010 - 62283578(传真)
电子信箱　ctrd@buptpress.com
经　　销　各地新华书店
印　　刷　北京忠信诚胶印厂
开　　本　787 mm×1 092 mm　1/16
印　　张　10.5
字　　数　240 千字
版　　次　2009 年 1 月第 1 版　2009 年 1 月第 1 次印刷

ISBN 978 - 7 - 5635 - 1715 - 2　　　　　　　　　　　　　　　　定价:17.50 元

前　言

本书根据教育部非计算机专业基础课程教学指导分委员会提出的《关于进一步加强高校计算机基础教学的意见》中的教学要求和最新大纲编写,同时参考了全国计算机等级考试一级MS Office考试大纲。主要内容包括3部分,第1部分为实验,第2部分为应用能力训练,第3部分为计算机等级考试。

本书为《计算机文化基础》的配套教材,侧重于计算机操作训练和等级考试培训,以便于理论与实践的结合。

按照教育部非计算机专业基础课程教学指导分委员会提出的大学计算机基础课程"1+X"的课程设置方案,本书可作为其中的"1",即大学计算机基础部分,而"X"则是根据实际情况开设若干必修或选修课程。

为了便于教师和学生使用本教材,我们设计了配套的教学素材,请登录"电脑学园"网站。网址为:http://jsjb.sru.jx.cn:8080。登录用户名:xs,密码:xs。如需要进一步的服务,请联系:srxj@sina.com。

本书由吴连发、熊艰主编,吴连发、陈博政、敖谦、熊艰、林慧等参加编写并由熊艰统稿。上饶师范学院计算机教学部的全体教师对本书提出了许多宝贵的意见。在此一并致谢!

由于教材涉及的知识面较广,以及编者的水平所限,定有诸多错误之处。为便于今后修订,恳请专家、教师及读者批评指正!

编　者
2008 年 10 月

目　录

第 1 部分　实验

1.1　键盘指法练习及 Internet 网上漫游

【实验目的】

(1)了解键盘布局。

(2)了解键盘各部分的组成及各键的功能和使用方法。

(3)了解接入 Internet 的方式。

(4)掌握正确的键盘指法。

(5)掌握 Internet Explorer 浏览器的功能及使用方法。

(6)掌握利用搜索引擎查找资料。

【实验环境】

Windows 2000(记事本、Internet Explorer 浏览器)。

【实验相关知识简介】

一、常用键盘布局

操作计算机最基本的方式就是使用键盘。现在普遍使用的键盘是在原来的 83 键键盘的基础上扩充形成的 101 键或 102 键键盘,键盘按键位和功能可分为 3 部分,即主键盘区、副键盘区和功能键区,如图 1-1 所示。

图 1-1　101 键键盘图

二、键盘各部分介绍

1. 主键盘区

①字母键：键位安排与流行的英文打字机字母键安排相同，键面印有大写英文字母。

②数字键：位于字母键上面的一排键，包括一些常用的符号键。

③上档选择键 ⤒Shift ：下面数起第二排的左、右各有一个，功能相同，可任选一个使用。该键有两个功能：

　ⓐ当需要输入双字符键的上档符号时，按住 ⤒Shift 后按该双字符键。

　ⓑ输入英文字符时，若临时需要转换大小写，按住 ⤒Shift 后再按相应的字母键。

④大小写字母锁定键 Caps Lock ：该键用于转换大小写字母键锁定状态。计算机启动后，键盘默认为小写字母状态，按该键，键盘右上角大写锁定指示灯亮，则转换为大写字母状态。再次按该键，键盘右上角大写锁定指示灯熄灭，则又恢复到小写字母状态。

⑤Enter 键：该键在文字输入或屏幕编辑时作为换行键，使光标移到下行行首。某些时候还可以表示对操作的确认；在 DOS 状态下，它是 DOS 命令的结束符。

⑥空格键：位于字母键下方的长条键。键面无符号，用于输入空格，即每按一次使屏幕上的光标右移一个字符。

⑦退格键 BackSpace 或 ← ：位于主键盘 Enter 键的上方，每按一次删除光标所在位置左边的一个字符。

⑧Esc 键：此键位于键盘上第一排最左侧。常用作取消、退出或返回等功能。

⑨Ctrl 键和 Alt 键：这两种键位于空格键两旁，左右各一个。是控制键，一般不单独使用，常和其他键一起使用。

2. 功能键区

键盘最上边一排中的 F1 ～ F12 称为功能键。在不同的应用软件中，功能键的定义各不相同。

3. 副键盘区

①数字锁定键 Num Lock ：该键负责切换副键盘上的数字及运算符输入状态和光标移动控制状态之间的切换。按一次该键，若右上角数字锁定指示灯亮，则是数字及运算符输入状态；再按一次该键，右上角数字锁定指示灯熄灭，则是光标移动控制状态。

②删除键 Del 或 Delete ：该键用于删除光标所在位置右边的字符。

③插入键 Ins 或 Insert ：该键为插入/替换功能转换键。在插入状态，则可在光标位置插入字符；替换状态则输入的字符将替换光标所在位置的字符，且状态栏中有相应的状态指示。

④Page Up 键：使屏幕向前翻一屏。

⑤Page Down 键：使屏幕向后翻一屏。

⑥Home 键：使光标移到行首或屏首。

⑦End 键：使光标移到行尾或屏尾。

⑧光标移动键 ←、↑、→、↓：分别用于向不同方向移动光标。

三、基本键盘指法

1. 键盘操作的正确姿势

①身体保持端正，两脚平放。应将全身重量置于椅子上，座椅的高度以两手可以平放在桌上为准，桌椅间的距离以手指能轻放在键盘上的几个基本键位为准。

②两臂自然下垂，两肘轻贴于腋边，肘关节呈垂直弯曲。

③手指稍斜垂直放于键盘上，击键的力量来自手腕。

④屏幕宜放于键盘的正后方，打字文稿放在键盘的左边或右边。力求实现盲打，即打字时双眼不看键盘，而专注于文稿或屏幕。

2. 手指的基本操作

①打字开始时，两手的食指、中指、无名指和小指微弯曲，轻放于 8 个基本键上，两拇指轻放于空格键上。基准键位如图 1-2 所示。

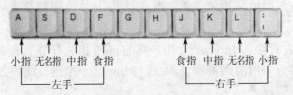

图 1-2　基本键位图

②手腕抬起与小臂平齐，手指自然弯曲，略呈垂直状。

③击键要快速，但不要过分用力。

④每击完一键后，手指要立即恢复到原位，即回到基准键位上，仍然保持弯曲状。

⑤手指击键时，左右手的 8 个手指都有明确的分工，应按图 1-3 所示的各手指的分工进行操作。两手的大拇指专门负责击打空格键。

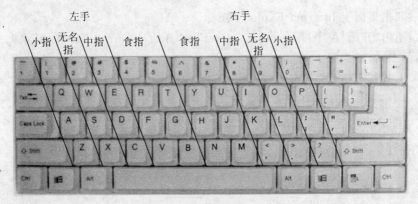

图 1-3　键位手指分工图

四、常用 Internet 接入方式

1. 电话拨号

用户可通过电话拨号方式接入 Internet。此种方式一般适合家庭或个人使用。但由于其网速太慢，正逐步被其他的上网方式所取代。拨号上网对计算机基本配置要求如下：

硬件：486 以上 PC（最低 4MB 内存，210MB 硬盘）

一个调制解调器

一根有效电话线

软件：Windows 2000 操作系统

Internet Explorer(IE)或 Netscape 浏览器

2.宽带接入

宽带接入方式一般适合小型公司、家庭和个人使用。此种接入方式以快捷的网速和较为合理的价格拥有越来越多的用户。下面介绍几种常见的宽带接入方式：

(1)ADSL 接入

提供 ADSL 接入的是中国电信，可提供 512K 到 2M 的接入速率。

(2)Cable Modem 接入

Cable Modem 接入是指利用 Cable Modem(线缆调制解调器)将电脑接入有线电视网络。目前提供 Cable Modem 接入的是广电系统，理论上可以提供上行 8M、下行 30M 的接入速率。

(3)无线宽带接入

可实现移动办公，但网络质量受气候等因素制约，且价格相对较贵。

3.专线接入

用户可通过专线方式接入 Internet。用户将自己的相关计算机接到一个局域网上，再通过一个路由设备(通常为专用的路由器)经专线与 Internet 相连。此种方式适合较大型的商业机构、科研单位和高等院校。

硬件：局域网

路由器

数据专线或分组交换专线

软件：IE 或 Netscape 浏览器

五、IE 浏览器的功能及使用方法

1.启动 Internet Explorer

方法一：双击桌面上 Internet Explorer 图标。

方法二：单击"开始|程序|Internet Explorer"或"开始|Internet Explorer"项。

启动后的 IE 窗口如图 1-4 所示。

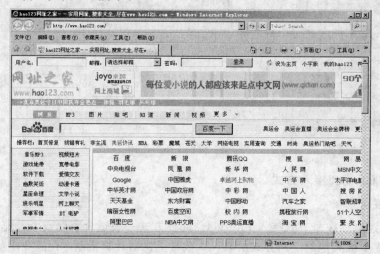

图 1-4　IE 浏览器窗口

2. Internet Explorer 窗口介绍

(1)菜单

①"文件"菜单:其中,"另存为"菜单项可以保存当前的 Web 页面;"脱机工作"菜单项表示系统当前正在使用脱机工作方式,即计算机在没有联入 Internet 的方式下工作。

②"查看"菜单:

编码:用户可以在"编码"菜单中选择当前浏览网页所使用的字体内码。

停止:选择"停止"菜单项,可以停止当前下载网页的操作。

刷新:选择"刷新"菜单项,可以重新连接地址栏中指定的网站。

源文件:选择"源文件"菜单项,可以查看当前网页的 HTML 源文件。

转到:用来移动当前资源管理器访问的位置,或者访问其他的位置,或者是调用新闻、邮件管理器以及网上会议系统。

③"收藏"菜单:它是用户保存一些自己比较喜爱的网址的地方。当在网上发现了一个非常好的网页后,可以把这个地址保存进"收藏夹"中,方便以后能够快速访问。

(2)工具栏

Internet Explorer 的工具栏由如下 3 部分组成:

①标准按钮:(因版本不同有多有少,主要的是如下几个)

后退:退回到上一个浏览的 Web 页面。

前进:前进到下一个 Web 页面。

停止:在 Web 页面打开和传输的过程中,用此命令可以终止页面的继续传输。

刷新:强行地把当前正在浏览的页面内容重新显示一遍,重新传送数据。

主页:把用户设置的起始 Web 页面打开。

②地址栏:地址栏是一个编辑框,用来输入网页的 URL 地址。用户把要访问的网页的 URL 地址输入到地址栏中,然后按 Enter 键,浏览器就会试图打开这个 Web 页面。地址栏还有一个下拉列表框,列出了用户曾经输入的 URL 地址,如果用户想访问一个曾经访问过的网站,单击地址栏最右端的按钮,可以打开这个列表,然后从中选择地址。这个列表只能列出最近访问过的 25 个地址。

③链接:链接栏有一些站点的图标按钮,单击可以打开所链接的 Web 页面,这些页面的内容都是有关微软公司和 Internet Explorer 的。

3. Internet Explorer 浏览器的基本操作

(1)浏览网页

①单击 IE 浏览器地址栏编辑框。

②输入要浏览网页的 URL 地址(如新浪网地址 http://www.sina.com.cn),按 Enter 键。

③浏览器窗口显示该网页,如图 1-5 所示。

④在网页中用户经常可以看到带有(或不带)下划线的内容,将鼠标指针移至该内容上时会发现指针变成了手的形状。这些都是超级链接,单击该内容即可打开该超级链接对应的网页内容,如单击"新闻",窗口显示新浪网的"新闻"网页,如图 1-6 所示。

⑤若要在另一个窗口中浏览网页,可以在要打开的超级链接处单击鼠标右键,在弹出的快捷菜单中选择"在新窗口中打开"命令,则系统将弹出一个新窗口打开该超级链接的相应网页,原浏览器窗口的内容不变。也可以再次启动 Internet Explorer,在新窗口的地址栏中输入需

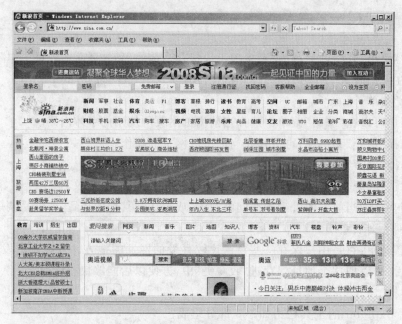

图 1-5　新浪网主页

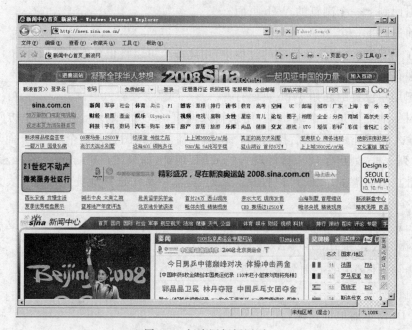

图 1-6　新浪网新闻网页

要访问的网站地址,按 Enter 键进入该网站。

(2)保存网页

如果要保存网页可以执行如下操作:

①打开(即用 IE 浏览器浏览)要保存的网页。

②单击"文件|另存为"菜单命令,屏幕弹出"保存网页"对话框。

③在对话框的文件名栏中为文件起一个名字,在"保存类型"下拉列表中可以选择要保存文件的类型,在"编码"下拉列表中可以选择使用的编码,最后单击"保存"按钮。

注意：此种方式不能保存网页中的图片信息。若要保存网页中的某张图片，操作方法如下：

①用鼠标右键单击要保存的图片，打开快捷菜单。

②单击快捷菜单中的"图片另存为"命令，弹出"保存图片"对话框。

③在对话框的文件名栏中为图片文件起一个名字，在"保存类型"下拉列表中可以选择要保存图片文件的类型，最后单击"保存"按钮。

4. Internet 的相关设置

单击"工具"菜单下的"Internet 选项"，在弹出的对话框中进行相关设置。例如，设置主页、清除历史记录、安全级别的调整等。

【示例】

1. 打开记事本

打开记事本程序的方法是：依次单击"开始|程序|附件|记事本"菜单命令，打开记事本。

2. 英文打字

①按一下 Caps Lock 键，观察键盘右上角大写锁定指示灯变化并输入：

ABCDEFGHIJKLMNOPQRSTUVWXYZ

②再按一下 Caps Lock 键，观察键盘右上角大写锁定指示灯变化并输入：

abcdefghijklmnopqrstuvwxyz

③按住 Shift 键并同时按相应的键输入：

~！@＃＄％^&＊()＿=＋<>{}："

④双击桌面上 IE 浏览器图标，打开浏览器窗口。

⑤在地址栏输入"http://www.sru.jx.cn"，按 Enter 键，窗口显示上饶师院主页。

⑥单击"院系设置——大学计算机教学部"，窗口显示大学计算机教学部主页。

【操作练习】

1. 熟悉基准键的位置

输入：abcdefg hijklmn opqrstuvwxyz

2. 熟悉键位的手指分工

输入：the quick brown fox jumps over a lazy dog

3. 打字练习

打开"打字通"软件，进行其中的英文打字练习

4. Internet 网上漫游

①浏览搜狐网站(http://www.sohu.com)，添加到收藏夹中。

②利用 Google(http://www.google.com)或百度(http://www.baidu.com)搜索引擎搜索自己喜欢的图片和 MP3 歌曲。

建议：将手机或 MP3 连线接入电脑 USB 接口，并将所下载的图片或 MP3 歌曲保存其中。

③在百度网站(http://www.baidu.com),搜索自己的姓名,查看获取页数。

④设置主页为:http://www.hao123.com。

【知识巩固】

一、键盘指法练习题(以下各题都是在"记事本"程序环境中进行的操作)

1.在记事本编辑区内,按住 Shift 键的同时,按一下主键盘区的"8",则会在光标位置输入_____。

2.按一下大小写字母锁定键 Caps Lock 后,发现输入的是大写字母,则这时大小写指示灯_____。

3.将光标移动到所编辑的文本中间任意位置,要想删除光标左边的字符,应该按_____键,要想删除光标右边的字符,又应该按_____键。

4.如果想输入"#",在按主键盘区"3"的同时,应该按住(   )键。

A. Shift   B. Alt

C. Ctrl   D. Ctrl＋Alt

5.键盘上哪个键的作用是使输入的命令生效?(   )

A. Tab   B. Ctrl

C. Alt   D. Enter

6.键盘上哪个键的作用是实现改写与插入状态的切换?(   )

A. Tab   B. Ctrl

C. Alt   D. Insert

7.键盘上的 Enter 键是(   )键。

A. 输入   B. 回车换行

C. 换档   D. 光标控制

8.(   )键可以将屏幕上的全部内容装进剪贴板。

A. Home   B. Caps Lock

C. Print Screen   D. Scroll Lock

二、Internet 网上漫游练习题

1.要在收藏夹中保存网页,可以通过"收藏"菜单中的"_____"命令。

2.要改变浏览器的安全级别,可以通过单击_____菜单,选择"Internet 选项",然后再单击"安全"标签,调整安全级别滑块来完成。

3.SMTP 是_____,FTP 是_____。

4.单击工具栏上"_____"按钮,可以检查过去浏览过的网页。

5.URL 格式为_____。

6.下列域名中,表示教育机构的是(   )。

A. ftp.Bta.net.cn   B. ftp.cnc.ac.cn

C. www.ioa.ac.cn   D. www.buaa.edu.cn

7.浏览 Web 网站必须使用浏览器,目前常用的浏览器是(   )。

A. Hotmail   B. Outlook Express

C. Inter Exchange   D. Internet Explorer

8. 根据域名代码确定,域名为 katong.com.cn 表示网站类别应是(　　　)。

A. 教育机构　　　　　　　　　　　B. 军事部门

C. 商业组织　　　　　　　　　　　D. 国际组织

9. 下列不属于互联网接入方式的是(　　　)。

A. PSTN　　　　　　　　　　　　　B. ISDN

C. ADSL　　　　　　　　　　　　　D. DNS

10. OICQ 是(　　　)。

A. 聊天工具　　　　　　　　　　　B. 网络游戏软件

C. 电子邮件工具　　　　　　　　　D. 网页制作工具

1.2　Windows 2000 基本操作

【实验目的】

(1)掌握鼠标的常用操作。

(2)掌握常用桌面图标"我的电脑"、"我的文档"、"回收站"和任务栏的基本操作。

(3)掌握 Windows 2000 基本窗口、菜单和对话框的操作。

(4)掌握 Windows 2000 中文输入法。

【实验环境】

Windows 2000。

【实验相关知识简介】

1.鼠标的常用操作

现在使用的鼠标以两键或三键居多,分左键和右键(及中键)。在 Windows 2000 中鼠标有以下几种操作方法:

①单击左键(简称单击):按下左键后松开,用于选取对象。

②双击左键(简称双击):快速连续按下左键两次再松开,用于打开文档或运行程序。

③单击右键(简称右击):按下右键后立即松开。在 Windows 2000 中,单击鼠标右键的作用是弹出"快捷菜单"。从"快捷菜单"中可以选择相应的功能,这样可使操作更方便、更快捷。

④拖曳鼠标:方法是用鼠标指针选中对象(图标、窗口、文件等),按住左键不松手直接向某处移动。其作用主要是移动或复制对象。

2.常用桌面图标操作

(1)我的电脑

用鼠标双击桌面上"我的电脑"图标将打开"我的电脑"窗口。该窗口包含用户计算机的所有资源,即所有驱动器图标、控制面板和打印机等,可以在"我的电脑"中对这些资源进行操作。

(2)我的文档

用鼠标双击桌面上"我的文档"图标将打开"我的文档"窗口。该窗口可以为用户管理自己的文档提供方便快捷的功能。

(3)回收站

用鼠标双击桌面上"回收站"图标将打开"回收站"窗口。该窗口用于暂时保存已经删除的文件(夹)。如果发生误删的情况,用户可以方便地从回收站恢复已经删除的文件(夹)到文件(夹)原来的目录中,也可在回收站中清除这些文件(夹),真正地从磁盘上删除这些文件(夹)。

3.任务栏

任务栏位于屏幕的最下面,包括:

①"开始"按钮:单击"开始"按钮将打开"开始"菜单,可以用来启动应用程序、打开文档、完成系统设置、联机帮助、查找文件和退出系统等。

②常用应用程序图标区:放置一些常用的应用程序图标,用户可以直接单击图标运行这些应用程序。

③中间空白区用于显示正在运行的应用程序和对应于打开的窗口的按钮。

④提示栏:在任务栏的右端,显示一些提示信息,如系统时间、文字输入方式等。

4.窗口、菜单和对话框的基本操作

(1)窗口操作

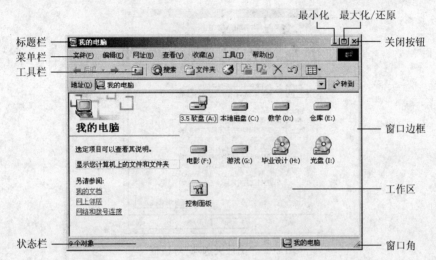

图 2-1　Windows 2000 常见窗口

①标题栏:显示窗口的名字。用鼠标双击标题栏可使窗口最大化;拖曳标题栏可移动整个窗口。

②控制菜单栏:用鼠标单击控制菜单栏可打开窗口的控制菜单,实现窗口的还原、移动、大小、最大化、最小化和关闭等功能;双击控制菜单图标可直接关闭窗口。

③最大化/还原、最小化和关闭按钮:单击最小化按钮,窗口缩小为任务栏按钮,单击任务栏上的按钮可恢复窗口显示;单击最大化按钮,窗口最大化,同时该按钮变为还原按钮,单击还原按钮,窗口还原成最大化前的大小,同时该按钮变为最大化按钮;单击关闭按钮将关闭窗口。

④菜单栏:提供了一系列的命令,用户通过使用这些命令可完成窗口的各种操作。

⑤工具栏:为用户操作窗口提供了一种快捷的方法。工具栏上每个小图标对应一个菜单命令,单击这些图标可完成相应的操作。

⑥滚动条:当窗口无法显示所有内容时,可使用滚动条查看窗口的其他内容。滚动条分为水平滚动条和垂直滚动条,垂直滚动条使窗口内容上下滚动,水平滚动条使窗口内容左右滚动。

⑦窗口边框和窗口角:用户可用鼠标拖曳窗口边框和窗口角来任意改变窗口的大小。

(2)菜单栏操作

①使用鼠标操作菜单:单击菜单栏中的相关菜单项,显示该菜单项的下拉菜单;单击要使用的菜单命令即可完成相应操作。

②使用键盘操作菜单有 3 种方法:

ⓐ按 Alt 键或 F10 键选定菜单栏;使用左右方向键选定需要的菜单项;按 Enter 键或向下方向键打开下拉菜单;使用上下方向键选定需要的命令;按 Enter 键选择执行命令。

ⓑ使用菜单中带下划线的字母:按 Alt 或 F10 键选定菜单栏;选定需要的菜单项后按 Enter 键,再按下菜单命令后带下划线的字母键即执行该命令。

ⓒ使用菜单命令的快捷键:不需要选定菜单,直接按下对应命令的快捷组合键即可。

(3)对话框操作

菜单项的下拉菜单中,若命令后面带有"…"的,单击该命令会打开一个对话框。如打开"我的电脑",然后单击"工具"菜单的"文件夹选项…"命令,打开如图 2-2 所示的对话框。

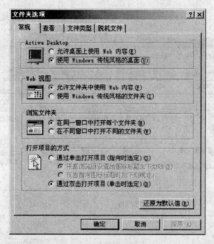

图 2-2　"文件夹选项"对话框

对话框中常见的几个部件及操作如下:

①命令按钮:直接单击相关的命令按钮,则完成对应的命令操作。

②文本框:用鼠标在文本框中单击,则光标插入点定位在文本框中,此时用户可输入或修改文本框的内容。

③列表框:用鼠标单击列表中需要的项,该项显示在文本框中,即完成操作。

④下拉式列表框:用鼠标单击下拉式列表框右边的倒三角按钮▼,出现一个列表框,单击需要的项,该项显示在正文框中,即完成操作。

⑤复选框:可多选的一组选项。单击要选定的项,则该项前面的小方框变成"☑",表示选定了该项,再单击该项,则该项前面的小方框中的"√"消失,表示取消该项。

⑥单选按钮:只能单选的一组选项。只要单击要选择的项即可,被选中的项前面的小圆框变成"◉"。

⑦增量按钮:用于选定一个数值。单击正三角按钮增加数值,单击倒三角按钮减少数值。

5.Windows 2000 中文输入法

Windows 2000 提供的中文输入法有"微软拼音输入法"、"全拼输入法"、"郑码输入法"、"智能 ABC 输入法"。

注意:

使用组合键 Ctrl+Shift 在不同输入法之间切换。

使用组合键 Ctrl+空格在中英文输入法之间切换。

使用组合键 Shift+空格可以切换全角和半角。

在中文输入法下,按 Ctrl+圆点可以切换中英文标点。

在中文输入法下,按 Shift＋6 输入省略号(……),按反斜杠键(\)输入顿号(、)。

【示例】

1. 桌面常用图标操作

①单击桌面上"我的电脑"图标,观察其图标颜色变化(说明:选定该对象)。

②用鼠标右键单击桌面上"我的电脑"图标,弹出一快捷菜单(说明:快捷菜单操作方式)。

③双击桌面上"我的电脑"图标,打开"我的电脑"窗口(说明:运行"我的电脑"程序)。

④双击驱动器 C 的图标,浏览查看磁盘 C 上的文件和文件夹;拖曳窗口标题栏,使窗口移至屏幕左下方(说明:拖曳鼠标)。

⑤用鼠标右键单击桌面空白处,弹出一个快捷菜单,指向"排列图标",选择相应的排列方式即可。(说明:重新排列桌面图标)

⑥打开"开始"菜单,指向"程序|附件|记事本",单击鼠标右键,弹出一快捷菜单,指向"发送到|桌面快捷方式"命令,单击。此时桌面将新增"记事本"快捷图标(桌面上建立一个程序快捷图标),双击该快捷图标,即可运行"记事本"。

注意:观察快捷图标与文件图标有何不同?

2. 窗口、菜单和对话框操作

①单击任务栏上"开始"按钮,打开"开始"菜单。

②移动鼠标到"程序"选项,打开"程序"菜单。

③移动鼠标到"附件"选项,打开"附件"菜单。

④单击"记事本"选项,打开"记事本"窗口。

⑤拖曳窗口标题栏,使窗口移至屏幕右下方。

⑥分别拖曳窗口左边框和左上角,改变窗口的大小。

⑦双击窗口标题栏,使窗口最大化。

⑧单击还原按钮使窗口还原到刚才的大小。

⑨单击"文件"菜单项,打开"文件"菜单。

⑩单击"页面设置"菜单命令,打开"页面设置"对话框。

⑪单击"纸张|大小"列表框右边的倒三角按钮,打开下拉列表。

⑫单击"A5 148×210 毫米"项。

⑬单击"方向|横向"单选项。

⑭单击"确定"按钮,关闭对话框。

⑮单击"记事本"窗口的关闭按钮,关闭该窗口。

【操作练习】

1. 桌面常用图标操作

①浏览查看"我的文档"中的内容;单击"我的文档"窗口的关闭按钮,关闭"我的文档"。

②浏览查看"回收站"中的内容。

③打开 Windows 2000 操作系统的"帮助"窗口。

④双击桌面上"我的电脑"图标,打开"我的电脑"窗口。

⑤单击任务栏上"开始"按钮,打开"开始"菜单。

⑥单击"设置"选项,打开"设置"菜单。

⑦单击"控制面板"选项,打开"控制面板"窗口。

⑧单击窗口"关闭"按钮,关闭"控制面板"窗口。

2. 窗口、菜单和对话框操作

①打开"附件"中的"写字板"窗口。

②单击"文件"菜单中的"页面设置"打开"页面设置"对话框。

③单击"查看"菜单中的"选项"命令,打开"选项"对话框。

④单击"格式"菜单中的"字体"命令,打开"字体"对话框。

⑤关闭"写字板"窗口。

⑥打开"附件"中的"画图"窗口。

⑦移动窗口至屏幕的左上角。

⑧调整窗口的大小约为屏幕大小的 1/4。

⑨单击"图像"菜单中的"属性"命令,打开"属性"对话框。

⑩单击"颜色"菜单中的"编辑颜色"命令,打开"编辑颜色"对话框。

⑪关闭"画图"窗口。

3. 桌面对象设置

①依次将桌面图标"按日期"、"按类型"、"按大小"排列。

②分别创建"记事本"、"画图"、"Word"等应用程序的桌面快捷方式。

③删除"开始|文档"中最后一个文档。

4. 中文输入操作

单击"开始|程序|附件|记事本",打开"记事本"。在任务栏中单击输入法图标,选择自己习惯的某种输入法,然后在"记事本"中输入下列文字,并利用"复制"、"粘贴"组成三段相同的文字。

计算机是一种处理信息的电子工具,它能自动、高速、精确地对信息进行存储、传送与加工处理。计算机的广泛应用,推动了社会的发展与进步,对人类社会生产、生活的各个领域产生了极其深远的影响。

【知识巩固】

1. 如果要选取某个文件/文件夹,应该_____,如果要打开某个文件/文件夹,则应该_____,如果想查看所选对象的属性,则应该_____。

2. 文件被误删除后,如果要恢复,则应该_____,恢复后的文件在_____。

3. 当命令后面有_____符号时,单击后会弹出对话框。

4. 调整"记事本"窗口大小的方法是_____。

5. 窗口的组成为_____。

6. 以下四项描述中有一个不是鼠标的基本操作方式,它是(　　)。

A. 单击　　　　　　　　　　　　　B. 拖放

C. 连续交替按下左右键　　　　　　D. 双击

7. Windows 的"桌面"指的是(　　)。

A. 整个屏幕　　　　B. 全部窗口　　　　C. 某个窗口　　　　D. 活动窗口

8. 在"任务栏"中的任何一个按钮都代表着( )。

A. 一个可执行程序　　　　　　　　B. 一个正执行的程序

C. 一个缩小的程序窗口　　　　　　D. 一个不工作的程序窗口

9. 在 Windows 2000 缺省状态下,进行全角/半角切换的组合键是( )。

A. Alt＋空格　　　B. Shift＋空格　　　C. Alt＋空格　　　D. Ctrl＋空格

10. 可以用来在已安装的汉字输入法中进行切换选择的键盘操作是( )。

A. Ctrl＋空格键　　B. Ctrl＋Shift　　　C. Shift＋空格键　　D. Ctrl＋圆点

11. 下面有关回收站的说法不正确的是( )。

A. 回收站可暂时存放被用户删除的文件

B. 回收站的文件是可恢复的

C. 被用户永久删除的文件也可存放在回收站中一段时间

D. 回收站中的文件如果被还原,则回到它原来的位置

12. 单击文件夹,选择"文件"菜单中的"删除"命令,则( )。

A. 立刻被删除　　　　　　　　　　B. 立刻弹出"删除"对话框

C. 文件夹立刻被发送到回收站　　　D. 文件夹立刻消失

1.3　Windows 2000 资源管理器基本操作

【实验目的】

(1)熟悉 Windows 2000 资源管理器。

(2)掌握在 Windows 2000 资源管理器中文件和文件夹的基本操作方法。

【实验环境】

Windows 2000。

【实验相关知识简介】

1. Windows 2000 资源管理器介绍

(1)Windows 2000 资源管理器

资源管理器用于查看系统所有的文件和资源，完成对文件的多种操作，能更方便地查看所有的文件夹和资源的信息。

(2)资源管理器的启动

依次单击"开始|程序|附件|Windows 资源管理器"如图 3-1 所示，即可启动资源管理器，启动后的窗口如图 3-2 所示。也可用鼠标右键单击"开始"按钮，在弹出的快捷菜单中选择"资源管理器"命令。

图 3-1　启动 Windows 资源管理器

窗口的左边部分，显示系统文件夹的树型结构，称为窗格；右边部分显示被选中的文件夹（驱动器、桌面部件或桌面等）的内容，称为内容格。

2. 文件和文件夹的基本操作

(1)查看一个文件夹的内容

可直接用鼠标单击树型结构上文件夹的图标（窗口左部分），被选中的文件夹的内容将出现在内容格（窗口的右部分）中。

（2）展开和折叠文件夹

在资源管理器的窗格中可将某些子文件夹折叠起来不显示，在需要时再展开。

图 3-2　Windows 2000 资源管理器窗口

当一个文件夹前面有一个"＋"符号时，双击该文件夹或单击该符号，将显示该文件夹的子文件夹，同时"＋"变为"－"符号，此时该文件夹已展开；当一个文件夹前面有一个"－"符号时，双击该文件夹或单击该符号，将不再显示该文件夹的子文件夹，同时"－"变为"＋"符号，此时该文件夹已折叠。

（3）建立新文件夹。在资源管理器中建立新文件夹的步骤如下：

①选定待建新文件夹要存放的位置（桌面、某个文件夹或某个驱动器等）。

②依次选择"文件|新建|文件夹"菜单命令，此时会在内容格中出现一个文件夹，默认名为"新建文件夹"。

③将文件夹的名称修改为需要的名称。

（4）选定多个文件和文件夹

①选择连续排放的文件或文件夹。单击想选定的第一个文件或文件夹，按住 Shift 键不放并单击想选定的最后一个文件或文件夹。

②选择不连续的文件或文件夹。按住 Ctrl 键不放，逐个用鼠标单击要选定的文件或文件夹，最后松开按键即可。

③取消选择。取消部分选择：按住 Ctrl 键不放，在已被选定的多个文件或文件夹中用鼠标逐个单击要取消的文件或文件夹。

取消全部选择：在窗口任何空白区域单击鼠标左键即可。

（5）复制文件或文件夹

鼠标操作方式：

①在窗格中让目的位置（桌面、某个文件夹或某个驱动器等）可见。

②选定要复制的文件或文件夹。

③若是在不同的磁盘之间进行复制，直接用鼠标拖动要复制的文件或文件夹到目的位置。

如果在同盘之间进行复制,则在拖动的同时需按住 Ctrl 键。

　　菜单操作方式:

　　①选定要复制的文件或文件夹。

　　②选择"编辑|复制"菜单命令。

　　③在窗格中选定目的位置。

　　④选择"编辑"菜单中的"粘贴"命令即完成操作。

　　(6)移动文件或文件夹

　　鼠标操作方式:

　　①在窗格中让目的位置(桌面、某个文件夹或某个驱动器等)可见。

　　②选定要移动的文件或文件夹。

　　③若是在相同的磁盘之间进行移动,直接用鼠标拖动要移动的文件或文件夹到目的位置。
如果在不同的磁盘之间进行移动,则在拖动的同时需按住 Shift 键。

　　④松开鼠标即完成操作。

　　菜单操作方式:

　　①选定要移动的文件或文件夹。

　　②选择"编辑|剪切"菜单命令。

　　③在窗格中选定目的位置。

　　④选择"编辑|粘贴"菜单命令即完成操作。

　　(7)删除文件或文件夹

　　①选定要删除的文件或文件夹。

　　②选择"文件|删除"菜单命令,此时出现"确认文件删除"对话框。

　　③选择"是",则删除选定的文件或文件夹;选择"否",则放弃删除操作。

　　(8)更改文件名或文件夹名

　　①选定要更名的文件或文件夹。

　　②选择"文件|重命名"菜单命令,或单击文件或文件夹的名字,此时该名字呈高亮度显示,
并有边框围起来,处于可编辑状态。

　　③输入文件或文件夹的新名字后按 Enter 键,或在名字以外的任意位置单击鼠标即完成
操作。

【示例】

　　资源管理器文件和文件夹的操作:

　　①单击窗格中驱动器 D 的图标。

　　②选择"文件|新建"菜单命令。

　　③选择"新建|文件夹"菜单命令。

　　④输入新建文件夹的名称 CX。

　　⑤单击窗格中驱动器 D 图标前的"➕"符号,展开 D 盘树型结构,使文件夹 CX 可见。

　　⑥单击窗格中驱动器 C 图标前的"➕"符号,展开 C 盘树型结构。

　　⑦单击窗格中驱动器 C 图标,在内容格中显示 C 盘根目录的内容。

　　⑧单击 autoexec. bat 文件图标选中该文件(请注意:该文件可能被隐藏)。

⑨用鼠标拖动 autoexec. bat 文件的图标到窗格中 CX 文件夹上。

⑩松开鼠标和按键,将该文件复制到 CX 文件夹中。

⑪单击窗格中 CX 文件夹图标,在内容格中显示 CX 文件夹的内容。

⑫单击选中 autoexec. bat 文件,然后单击 autoexec. bat 文件的文件名(或者选择"文件"菜单中的"重命名"命令),从键盘输入 auto. bak,再按 Enter 键,将该文件的名称改为 auto. bak。

⑬用鼠标拖动 auto. bak 文件的图标到窗格中驱动器 D 的图标上。

⑭松开鼠标,将文件 auto. bak 移动到 D 盘的根目录下。

⑮单击窗格中驱动器 D 图标,在内容格中显示 D 盘根目录的内容。

⑯单击 auto. bak 文件图标选中该文件。

⑰选择"文件"菜单的"删除"命令,出现"确认文件删除"对话框。

⑱单击"是"按钮,完成删除文件 auto. bak 的操作。

【操作练习】

完成以下操作:

①在 D 盘根目录中创建 user1 文件夹。

②在 user1 文件夹下创建子文件夹 wang。

③将 C 盘根目录下所有文件复制到子文件夹 wang 中。

④将子文件夹 wang 中第 1、第 3 个文件移动到文件夹 user1。

⑤将子文件夹 user1 中的第 1 个文件改名为 abc. bak。

⑥将子文件夹 user1 中的第 2 个文件删除。

【知识巩固】

1. 启动资源管理器的方法是_____,资源管理器的窗格是_____结构。

2. 文件夹前面有"＋",表示_____,单击"＋"后,会_____;文件夹前面有"－",表示_____,单击"－"后,会_____。

3. 选择不连续文件时,应该按住_____键;选择连续文件时,按住_____键。

4. 复制操作的快捷键是_____,粘贴操作的快捷键是_____,剪切操作的快捷键是_____,全选操作的快捷键是_____。

5. 新建一个文件夹,并将其命名为"资源管理基本操作",具体操作方法是_____。

6. 当选择好文件夹后,下列操作中不能删除文件夹的是(　　)。

A. 在键盘上按 Del 键

B. 用鼠标右键单击该文件夹,打开快捷菜单,然后选择"删除"命令

C. 在"文件"菜单中选择"删除"命令

D. 用鼠标左键双击该文件夹

7. 在 Windows 的"资源管理器"或"我的电脑"窗口中,要选择多个不相邻的文件以便对其进行某些处理操作(如复制、移动),选择文件的操作方法为(　　)。

A. 用鼠标逐个单击各文件

B. 用鼠标单击第一个文件,再用鼠标右键逐个单击其余各文件

C. 按住 Shift 键,再用鼠标逐个单击各文件

D. 按住 Ctrl 键,再用鼠标逐个单击各文件

8.在"我的电脑"窗口中用鼠标双击硬盘 D 图标,将会(　　)。

A. 格式化该硬盘　　　　　　　　　　B. 把该软盘的内容复制到硬盘

C. 删除该硬盘上的所有文件　　　　　　D. 显示该硬盘的内容

9.在 Windows 中,能更改文件名的操作是(　　)。

A. 用鼠标单击文件名,然后选择"重命名",键入新文件名后按 Enter 键

B. 用鼠标左键双击文件名,然后选择"重命名",键入新文件名后按 Enter 键

C. 用鼠标右键单击文件名,然后选择"重命名",键入新文件名后按 Enter 键

D. 用鼠标左键单击文件名,然后选择"重命名",键入新文件名后按 Enter 键

10. Windows 2000 文件系统文件夹的组织形式属于(　　)。

A. 关系型结构　　　　B. 网络型结构　　　　C. 树型结构　　　　D. 环型结构

11."资源管理器"是用来管理用户计算机资源的,下面的说法正确的是(　　)。

A. 可对文件及文件夹进行复制、删除、移动等操作

B. 可对文件进行复制、删除、移动等操作但不可对文件夹进行这些操作

C. 不可对文件进行复制、删除、移动等操作但可对文件夹进行这些操作

D. 不可对文件进行复制、删除、移动等操作也不可对文件夹进行这些操作

12."复制"命令的快捷键是(　　)。

A. Tab＋C　　　　　　B. Alt＋C　　　　　　C. Shift＋C　　　　　　D. Ctrl＋C

13.文件的"重命名"命令在(　　)下。

A. 文件菜单　　　　　B. 编辑菜单　　　　　C. 工具菜单　　　　　D. 查看菜单

1.4　Windows 2000 系统工具及附件操作

【实验目的】

(1)掌握画图工具软件的基本操作。
(2)掌握记事本工具软件的基本操作。
(3)掌握写字板工具软件的基本操作。
(4)掌握常用系统工具软件的基本操作。

【实验环境】

Windows 2000。

【实验相关知识简介】

附件是 Windows 2000 提供给用户的一些实用的工具软件,如:画图、写字板、计算器、多媒体播放器、游戏等,下面介绍几个常用的附件。

1.画图

画图是一套完整并且功能非常强的绘图软件,使用鼠标操作各种绘图工具就可绘制出一幅漂亮的图画。

①启动方法:选择"开始|程序|附件|画图"命令,系统打开"画图"窗口,如图 4-1 所示。

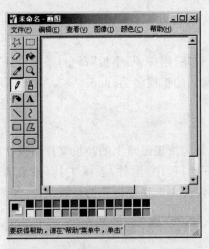

图 4-1　"画图"窗口

②调色板:在颜色列表中选取所使用的画图工具的前景色和背景色。在要选取的颜色上单击设定前景色,右击设定背景颜色。

③工具栏各种工具介绍及操作如图 4-2 所示。

④用画图工具软件制作的图片文件的扩展名为.bmp。

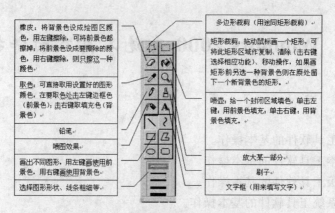

图 4-2　画图工具栏介绍及操作

2. 记事本

用"记事本"可以创建或编辑不需要格式的,并且小于 64KB 的文本文件。

①启动方法:单击"开始|程序|附件|记事本"命令,系统打开记事本窗口。

②"记事本"生成的文本文件默认的扩展名为. txt。

③"记事本"的另一个特殊用途是创建日志。

a. 在记事本文档的第一行最左侧键入以下字符:. LOG(必须大写)。

b. "文件|保存"。

c. 每次打开该文档时,"记事本"都将计算机时钟显示的当前时间和日期添加到 该文档的末尾,然后用户再输入新的文本内容。

3. 写字板

"写字板"是适用于短小文档的文本编辑器。在"写字板"中可用各种不同的字体和段落样式来编排文档。

①启动方法:单击"开始|程序|附件|写字板"命令,系统打开写字板窗口。

②"写字板"生成的文件默认的扩展名为. doc。

4. 常用系统工具

(1)磁盘清理程序

顾名思义,磁盘清理程序是为清理磁盘上的垃圾文件而设计的系统程序。

启动方法和操作:单击"开始|程序|附件|系统工具|磁盘清理"命令,选定要清理的驱动器,在系统列出的可删除的文件夹中选择要清除的垃圾文件,如图 4-3、图 4-4 所示。

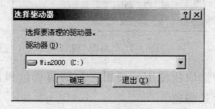

图 4-3　"选择驱动器"窗口

(2)磁盘错误检查工具

磁盘错误检查工具用于检查和修复磁盘错误、文件和文件夹的错误。

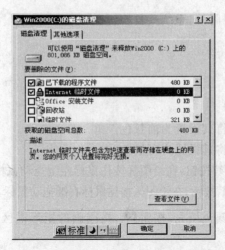

图 4-4　磁盘清理可删除文件列表窗口

启动方法：

①打开"我的电脑"，然后选择要检查的本地硬盘。

②在"文件"菜单上，单击"属性"命令。

③单击"工具"选项卡。

④在"查错"下，单击"开始检查"。

⑤打开如图 4-5 所示的"检查磁盘"窗口，选中"扫描并试图恢复坏扇区"复选框。

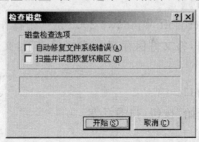

图 4-5　"检查磁盘"运行窗口

(3)磁盘碎片整理程序

整理磁盘碎片可以提高磁盘读写速度和计算机运行速度并增加磁盘可用空间，如图 4-6 所示。

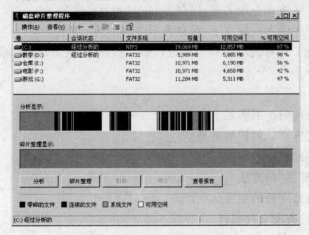

图 4-6　"磁盘碎片整理程序"窗口

启动方法:"开始|程序|附件|系统工具|磁盘碎片整理程序"。

【示例】

1.画图

①打开"画图"程序窗口。

②单击调色板上红色,将其设置为前景色。

③右击调色板上蓝色,将其设置为背景色。

④单击工具栏上的"矩形"按钮,在绘图区按住鼠标左键拖动鼠标,用前景色画一个矩形框。

⑤单击工具栏上的"椭圆"按钮,在绘图区按住鼠标右键拖动鼠标,用背景色画一个实心椭圆。

⑥单击工具栏上的"用颜色填充"按钮 ,在刚画的矩形框区域上单击鼠标右键,用背景色填充矩形框。

⑦关闭"画图"程序窗口,将图片保存在 D 盘根目录下,文件名为 test.bmp。

2.记事本

①打开"记事本"程序窗口。

②在文字编辑区输入"Microsoft Office 2000 是一个文本编辑软件!"。

③关闭"记事本"程序窗口,将文件保存在 D 盘根目录下,文件名为 test.txt。

3.写字板

①打开"写字板"程序窗口。

②在文字编辑区输入"Microsoft Windows 2000 是一个操作系统!"。

③关闭"写字板"程序窗口,将文件保存在 D 盘根目录下,文件名为 test.doc。

4.常用系统工具

①打开"磁盘扫描"程序窗口。

②选择驱动器 C,单击"开始"按钮,扫描 C 盘。

③关闭"磁盘扫描"程序窗口。

【操作练习】

①用"画图"程序绘制一幅国旗图片,保存为 D:\user.bmp 文件。

②用"记事本"程序输入一段文字,保存为 D:\user.txt 文件。

③用"写字板"程序输入一段文字,保存为 D:\user.doc 文件。

④用常用的系统工具对驱动器 D 分别进行磁盘扫描、磁盘清理和磁盘碎片整理。

【知识巩固】

1.新建记事本文件的扩展名是_____。

2.新建写字板文件默认的扩展名是_____。

3.新建画图文件的扩展名可以有_____、_____、_____等。

4.简述启动"计算器"的方法_____。

5.简述记事本与写字板的主要区别。

6.简述如何设置、查阅文件属性。

7.简述 Windows 2000 系统提供的常用系统工具。

1.5　Windows 2000 多媒体操作

【实验目的】

(1)掌握 Windows 2000 多媒体环境的设置方法。
(2)熟悉 Windows 2000 多媒体播放工具的使用。

【实验环境】

Windows 2000。

【实验相关知识简介】

一、多媒体环境设置

多媒体环境的设置主要是对 Windows 2000 支持的多媒体软硬件的环境进行一些高级设置,可以使用控制面板中的"声音和多媒体",设置声音、视频、语音和硬件等属性。

单击"开始|设置|控制面板"命令,打开"控制面板"窗口。用鼠标双击"声音和多媒体"图标,打开如图 5-1 所示的"声音和多媒体属性"对话框,完成下列操作。

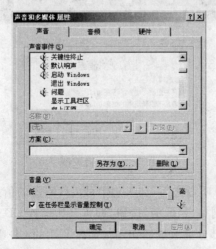

图 5-1　"声音和多媒体属性"对话框

1. 设置声音属性

选择"声音"选项卡,在"声音事件"列表框中选择需要加入的声音事件,如"关闭程序"事件。然后在下面的"名称"下拉列表框中选择声音"notify. wav",单击旁边的按钮 ▶,可以试听声音。也可以单击"浏览"按钮选择其他声音文件。当为某个声音事件设置声音后将在事件左边出现声音图标。最后单击"确定"按钮,完成设置。

2. 设置音频属性

①单击"音频"选项卡,可以对各种声音进行音量大小和一些高级属性的设置。在"声音播放"的下拉列表中选择用于声音播放的首选设备,一般为自动选择。

②单击"音量"按钮,在打开的"音量控制"面板中调节音量的大小,如果不希望有声音,可以选择"静音"复选框。"音量控制"面板也可以通过双击任务栏上的声音图标打开。

③单击"高级"按钮,在打开的对话框的"扬声器"选项卡中,可以进行最合适的扬声器设置。在"性能"标签中,可以对声音的质量进行设置,最后单击"确定"按钮。

3.设置硬件属性

①选择"硬件"选项卡,在"设备"列表中选择某个设备,从下面的"设备属性"中了解该设备的一些属性如制造商、位置等。

②单击"属性"按钮,可以对所选设备的属性进行更详细的了解和设置,如对设备的驱动程序、设备使用的端口、中断号等进行修改。

二、Windows 多媒体播放工具

Windows 2000 提供了两种播放激光唱盘的工具:CD 播放器和 Media 播放器。

1.CD 播放器

选择"开始|程序|附件|娱乐|CD 唱机"命令,打开 CD 播放器并同时打开一个消息框,如图 5-2 所示。

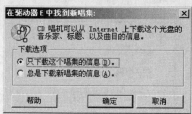

图 5-2　CD 播放器

在 CD-ROM 中放入 CD 唱盘之后,如果想下载 CD 唱盘的信息则单击消息框中的"确定"按钮。如果不想现在下载,则单击"取消"按钮,即可开始播放 CD 唱盘。

CD 播放器面板上的大部分播放按钮作用与通常家用的 CD 唱机基本相同,此处只介绍下面几个按钮的用法:

①单击"曲目"按钮,在下拉列表中列出了所有曲目及每个曲目所需的时间,可从中选择一个曲目播放。

②单击"唱片"按钮,将会看到有关该唱盘的信息。

③单击 Internet 按钮,从下拉菜单中选择"下载曲目名称"项,可以自动连接到 Internet 上下载唱盘上的曲目;若选择"Internet 音乐站点"项,再选择音乐站点就可到相应的 Internet 音乐站点。

④单击"选项"按钮,从下拉菜单中选择"首选项",打开如图 5-3 所示的对话框。在对话框中可以对 CD 播放器进行设置。

ⓐ在"唱机选项"选项卡的"播放选项"栏中选择"在任务栏上显示控制"复选框,单击"确

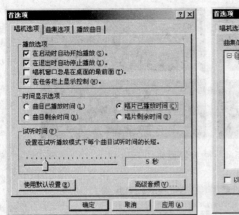

图 5-3　CD 播放器设置

定"按钮后,在任务栏的右下角显示播放控制按钮,单击此按钮可以控制播放和停止操作,右击它则弹出快捷菜单,从快捷菜单中可以对 CD 播放器进行设置和操作。

　　ⓑ在"唱机选项"选项卡的"时间显示选项"栏中选择"唱片已播放时间"单选按钮,单击"确定"按钮后,在 CD 播放器面板右边显示的时间是唱片已播放的时间。

　　ⓒ选择"播放曲目"选项卡,从中选择当前 CD 唱集,然后单击下面的"创建播放曲目"按钮,在打开的"播放曲目编辑器"对话框中可以自由选择想要播放的曲目。单击"复位"按钮则恢复默认播放设置。

　　2.媒体播放器

　　选择"开始|程序|附件|娱乐|Windows Media Player"命令,打开媒体播放器。

　　使用媒体播放器播放文件时,只要选择菜单"文件"→"打开",在打开的对话框中选取要播放的媒体文件(如 VCD 盘上的文件或下载的视频文件等)进行播放即可。

　　媒体播放器的播放环境是可以进行设置的,操作方法如下:

　　(1)改变视频播放区域的大小

　　①选择菜单"查看"→"缩放",可以选择播放区域为 50%、100%、200% 等。

　　②选择菜单"查看"→"全屏幕",可以以全屏幕方式播放视频,按 Esc 键返回。

　　(2)改变媒体播放器的外观

　　选择菜单"查看"→"完整模式"或"查看"→"紧凑模式",可以改变播放器的外观模式。在紧凑模式下,用鼠标在窗口的任意位置右击,在弹出的快捷菜单中选择"返回到完整模式"项,则可返回原来的模式。

　　(3)设置均衡器

　　选择菜单"查看"下的"正在播放工具"中的"显示均衡器及设置"项,在视频播放窗口下出现"Windows Media 信息"及两个左右箭头的按钮"",用鼠标单击按钮,可以设置字幕、扬声器、图形均衡器、视频等,如图 5-4 所示。

　　(4)媒体播放器选项设置

　　选择"工具"菜单中的"选项"命令,打开"选项"对话框,如图 5-5 所示。用鼠标分别单击各个选项卡,可以对媒体播放器进行高级设置。

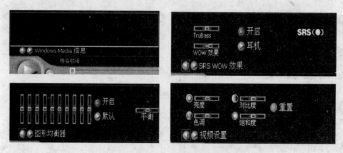

图 5-4　播放器设置

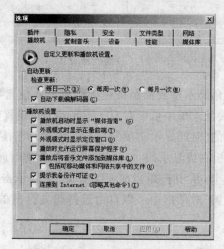

图 5-5　"选项"对话框

【知识巩固】

1.依据打开"声音和多媒体属性"对话框的方法,打开"添加/删除程序"的步骤是_____。

2.单击任务栏上的""按钮,弹出_____,双击任务栏上的""按钮,弹出_____。

3.依据打开"CD 唱机"的方法,调出"录音机"程序的方法是:_____。

4.利用"录音机"程序将两个声音文件进行混音的方法是:_____,将两个声音文件前后连接的方法是:_____。

1.6　Word 文档操作

【实验目的】

(1)学习怎样启动和退出 Word 2003。

(2)了解 Word 2003 窗口的界面组成和基本操作。

(3)掌握 Word 2003 文档的建立、打开和保存。

【实验环境】

Word 2003。

【实验相关知识简介】

1. 启动和关闭 Word 2003 程序

(1)启动 Word 2003 的 3 种方法

①双击桌面的快捷图标，若无该图标可在 Office 安装文件夹下找到"Microsoft Office Word 2003"图标，单击鼠标右键，在弹出的快捷菜单中选择"发送到|创建桌面快捷方式"即可。

②通过任务栏的"开始|程序|Microsoft Office|Microsoft Office Word 2003"启动。

③单击"开始|运行"命令，在打开的"运行"对话框中输入"winword"，单击"确定"按钮。

(2)退出 Word 2003 可采用以下几种方法

①用鼠标单击标题栏右侧的关闭按钮。

②选择"文件|退出"命令。

③按快捷键 Ctrl+W 退出。

④按组合键 Alt+F4 退出。

⑤双击标题栏的控制菜单图标。

注意：若文档关闭前尚未存盘，退出 Word 时系统会提示是否保存对文档的修改，若单击"是"则存盘退出，单击"否"则放弃存盘退出程序。

2. Word 2003 程序窗口

Word 2003 程序窗口如图 6-1 所示。

Word 2003 程序窗口的顶部为标题栏，显示控制菜单图标、Word 文档的文件名，右边是窗口最小化、最大化和关闭按钮。标题栏之下是菜单栏，有 9 个下拉式菜单。菜单栏之下是工具栏，工具栏由一个个形象生动的工具按钮组成，便于快速对文档进行编辑操作。标尺可以通过"视图"菜单的"标尺"显现和隐藏。程序窗口的最底部是状态栏，可以显示正在编辑的文档属性。视图栏内有普通视图、Web 版式视图、页面视图、大纲视图和阅读版式视图共 5 个视图按钮。中间的空白区域是 Word 文档的编辑窗口。

用户可以通过"视图"菜单的"工具栏"命令显示和关闭某一工具栏，将鼠标停留在工具栏的图标按钮上方，会自动显示各按钮的功能。

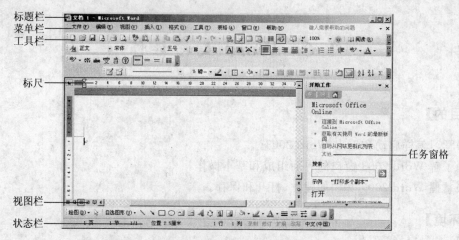

图 6-1　Word 2003 程序窗口

3. 掌握 Word 文档的建立、打开和保存

（1）Word 文档建立的 3 种方法

①单击"常用"工具栏的"新建空白文档"按钮 。

②按快捷键 Ctrl＋N 会打开一篇基于默认模板的新文档。

③打开 Word 程序窗口后单击"文件|新建"命令，打开如图 6-2 所示"新建文档"任务窗格，单击"空白文档"选项。

图 6-2　"新建文档"窗格

（2）打开 Word 文档的方法

①单击"常用"工具栏上的"打开"按钮 。

②单击"文件|打开"命令。

③按快捷键 Ctrl＋O。

以上 3 种操作均会出现如图 6-3 所示的"打开"对话框。

在"查找范围"中选择文档所在的位置，双击要打开的文件名即可打开该文档。

注意：要打开最近使用过的文档，可在"开始|文档"菜单列出的文档中进行选择。

（3）保存文档可用以下的任意一种方法

①单击"常用"工具栏上的"保存"按钮 。

②单击程序菜单"文件|保存"或"另存为"命令。

③按快捷键 Ctrl＋S 保存。

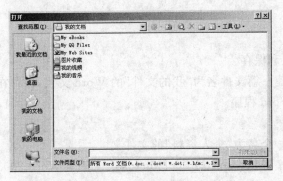

图 6-3　"打开"对话框

　　如果对文档第一次存盘或对原有的文件换名或改变存盘路径而选择了"文件"菜单中的"另存为"命令,均会出现如图 6-4 所示的"另存为"对话框。

　　注意:在"另存为"对话框中,在"保存位置"列表框中选择要保存文档所在的位置(某个盘符或文件夹,以便以后找到它,如图 6-4 中①所示);再在"文件名"列表框中输入文件名,如图 6-4 中②所示;在"保存类型"列表框中设定要保存的文档类型(Word 默认的扩展名是.doc,也可选择保存为文本文件、HTML 文件或其他文档,如图 6-4 中③所示)。

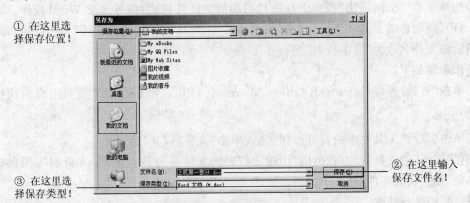

① 在这里选择保存位置!

② 在这里输入保存文件名!

③ 在这里选择保存类型!

图 6-4　"另存为"对话框

　　温馨提示:为了在断电、死机或类似问题发生之后能够恢复尚未保存的工作,可以开启Word 的自动保存功能。选择"工具 | 选项"命令,在打开的"选项"对话框中选择"保存"选项卡。设定"自动保存时间间隔"复选框即可,如图 6-5 所示。

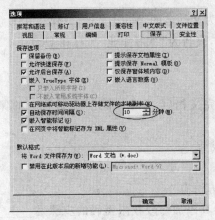

图 6-5　在"选项"对话框中设定自动保存时间

【示例】

Word 文档的建立和保存

1. 启动 Word,新建一篇文件名为"我的文件"的 Word 文档,保存在 D 盘下的"个人资料"文件夹中,然后退出 Word 程序。

操作步骤如下:

①在 D 盘上创建一个名为"个人资料"的文件夹。

②单击"开始|程序|Microsoft Office|Microsoft Office Word 2003"或双击桌面的 Word 快捷图标启动 Word 程序。如果已启动了 Word,则单击"文件|新建"命令或单击"常用"工具栏中的新建空白文档按钮 ,创建一个新文档。

③在文档编辑区输入文档的内容。

④完成后单击"文件|保存"命令或单击"常用"工具栏中的保存按钮 ,在打开的对话框中选择保存文档的文件夹"个人资料",输入文件名"我的文件",选择保存类型为 Word 文档,最后单击"保存"按钮。

⑤选择菜单"文件|退出"或单击标题栏右端的关闭按钮 ✖ 即可退出 Word 程序。

2. 打开所创建的 D 盘下"个人资料"文件夹中的 Word 文档"我的文件",对其进行修改,修改完毕后将文件名改为"我的资料"另存在 E 盘下。

操作步骤如下:

①单击"开始|程序|Microsoft Office|Microsoft Office Word 2003"或双击桌面快捷图标启动 Word。

②单击"常用"工具栏中的打开按钮 或单击"文件|打开"命令。

③在"打开"对话框的"查找范围"中确定打开的文件夹为 D 盘的"个人资料",用鼠标双击该文件夹下的"我的文件"打开该文档。

④对文档进行修改。

⑤单击菜单"文件|另存为",打开"另存为"对话框,确定保存位置为 E 盘,在文件名中输入"我的资料",该文档以"我的资料"为文件名保存到 E 盘上。

【操作练习】

1. 新建一个以自己姓名为文件名的 Word 文档,并保存在 E 盘上。

2. 打开 E 盘上的该文档,改名为"练习作业"另存在 D 盘下。

【知识巩固】

1. 利用 Word 程序编辑完文档后,单击"常用"工具栏上的保存按钮,会弹出_____对话框。

2. Word 程序窗口的组成为_____。

3. 工具栏的作用是_____。

4. 打开"绘图"工具栏的方法有_____。

5. 编辑好一个文档后,给其添加修改权限密码的步骤是_____。

6. 下列选项中不能用于启动 Word 的操作是(　　)。

A. 双击 Windows 桌面上的 Word 快捷方式图标

B. 单击"开始|程序|Microsoft Office|Microsoft Office Word 2003"

C. 单击任务栏中的 Word 快捷方式图标

D. 单击 Windows 桌面上的 Word 快捷方式图标

7. Word 程序启动后就自动打开一个名为(　　)的文件。

A. Noname　　　　　B. Untitle　　　　　C. 文件 1　　　　　D. 文档 1

8. Word 文档使用的默认扩展名为(　　)。

A. wps　　　　　B. txt　　　　　C. doc　　　　　D. dot

9. 下列操作中,不能关闭 Word 程序的是(　　)。

A. 双击标题栏左边的"W"

B. 单击标题栏右边的关闭按钮"✖"

C. 单击"文件|关闭"命令

D. 单击"文件|退出"命令

10. 在 Word 中,对于用户可以编辑的文档个数,下面说法正确的是(　　)。

A. 用户只能打开一个文档进行编辑

B. 用户只能打开两个文档进行编辑

C. 用户可打开多个文档进行编辑

D. 用户可以设定每次打开的文件个数

11. 在启动 Word 后,再次创建新文档时,应单击(　　)按钮。

A. 粘贴　　　　　B. 打开　　　　　C. 重复　　　　　D. 新建

12. 对于仅设置了修改权限密码的文档,如果不输入密码,该文档(　　)。

A. 不能打开　　　　　　　　　　B. 能打开但不能修改

C. 能打开并且能修改原文档　　　　D. 能打开并且修改后能保存为其他文档

13. 对于只设置了打开权限密码的文档,输入密码正确后,可以打开文档,(　　)。

A. 修改后既可以保存为另外的文档又可保存为原文档

B. 也可以修改但必须保存为另外文档

C. 但不能修改

D. 也可以修改但不能保存为另外文档

1.7　Word 文档编辑

【实验目的】

(1)熟悉 Word 文档的文本输入、编辑与修改。

(2)掌握 Word 文档的字符和段落格式设置。

(3)掌握文档的版面设计。

(4)熟悉打印文档。

【实验环境】

Word 2003。

【实验相关知识简介】

1. Word 文档的文本输入、编辑与修改

(1)文本输入

首先新建一个 Word 文档,用鼠标单击任务栏右侧的语言指示器或用 Ctrl＋Shift 切换中英文输入法,在当前光标处即可输入文本。输入完一行后光标会自动跳到下一行的开头,若需结束本行的输入可直接按 Enter 键。

(2)文本的复制、删除、剪切和粘贴的操作

可以对选中的文本进行复制、剪切和粘贴等操作。

选定文本的方法有以下 3 种:

①首先将鼠标移动到要选定的文本开头,然后按住鼠标左键不放,拖曳到欲选定的文本末尾,文本中呈现的黑色区域即是所选定的内容,这是最常用的选定文本的方法,如图 7-1 所示。

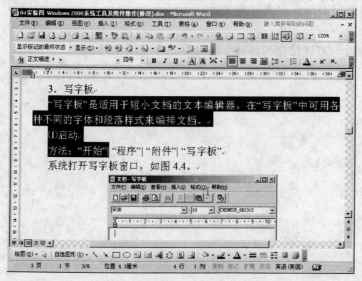

图 7-1　使用鼠标拖曳选定文本

②若要选定较大的文本,可用鼠标单击文本的开始位置,然后按住 Shift 键,再单击要选定文本的结束位置,则中间的文本都被选定。

③利用选定区进行选择。将光标移到文本区左侧的选定区,当鼠标的箭头方向转为右侧后,单击则选定该行。若拖动则选定鼠标经过的区域,如图 7-2 所示。

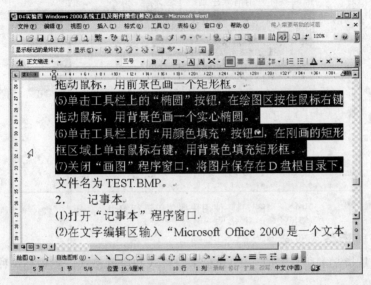

图 7-2　使用选定区选定文本

选定文本后即可对文本进行插入、删除、复制、剪切、粘贴等编辑操作。其操作方法有 3 种:

①利用程序菜单"编辑"下的各种命令,如图 7-3 所示。

图 7-3　使用"编辑"菜单进行编辑

②利用"常用"工具栏的各工具按钮,如单击　　　　　依次可进行"剪切"、"复制"、"粘贴"的操作。

③使用快捷菜单进行编辑,其方法是在选定文本区域的任意位置单击鼠标右键,在弹出的快捷菜单中选择具体操作。如图 7-4 所示。

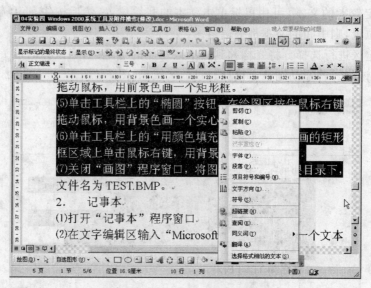

图 7-4　使用快捷菜单进行编辑

2.字符和段落格式设置

所谓格式,是指文本所具有的外观,包括字符格式和段落格式。主要有 3 种方法来实现对格式的设置。

①使用程序菜单"格式"下的各种命令,如图 7-5 所示。

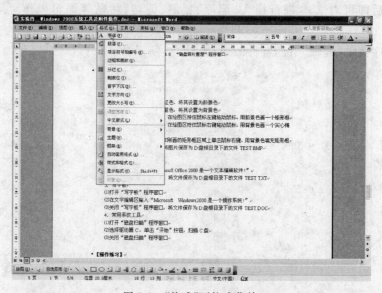

图 7-5　"格式"下拉式菜单

②单击鼠标右键在弹出的快捷菜单中选择"字体"和"段落"进行设置。

③使用"格式"工具栏进行设置。

3.文档的版面设计

在制作文档时,除了对文字、段落进行设置外,还可以设置页眉、页脚,也可进行分页、分栏等版面设计。

①单击"视图|页眉和页脚"来设置页眉、页脚。

②单击"插入|分隔符"来进行分栏或分页。也可单击"插入|页码"来为每一页文档设置页码。

4. 文档中符号的插入

在 Word 文档中还可以输入丰富的符号。选择"插入"菜单中的"符号"或"特殊符号",打开如图 7-6、图 7-7 所示的对话框。选择相应的符号后插入即可。

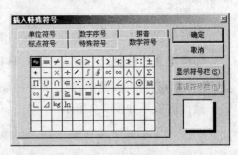

图 7-6　"符号"对话框　　　　　　　　图 7-7　"插入特殊符号"对话框

5. 文档中固定用语的插入

在 Word 文档中还可以使用自动图文集快捷地插入一些固定用语。单击"插入|自动图文集"菜单命令,在子菜单中选择已有的词条插入。

6. 文档中项目编号(符号)的创建

在文档中可以单击"格式"工具栏中的"编号"按钮 ☰ ,创建项目编号或项目符号,使文档条理清晰。单击鼠标右键在弹出的快捷菜单中选择"项目符号和编号"。在弹出的"项目符号和编号"对话框中,可选择和自定义项目符号和编号的类型,如图 7-8 所示。

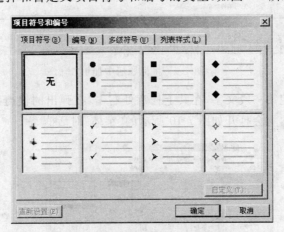

图 7-8　"项目符号和编号"对话框

7. 文档的打印

文档编辑结束后,通常需要将其打印出来,此时可以先进行打印预览,即单击"常用"工具栏中的"打印预览"按钮 来预览文档的打印效果,然后单击"打印"按钮 来进行打印。也可以在"文件"菜单中选择相应的选项进行操作。

【示例】

输入一篇 Word 文档,将其标题文字居中加粗,字号改为小四号字,将正文部分第 1 段的字体改为红色和楷体,字号为五号字,并将第 1 句话添加下划线。将第 2 段复制到另一篇新文档中,将文中的"我"字均替换为"你"字,并将最后一段删除,再将其恢复。并将该文档分为两栏,然后给该文档添加页眉,插入日期和文字"中国彩电业的危机、机遇和出路",再给该文档添加页脚,在其中插入页码。最后将其用 A4 的打印纸打印出来。

步骤:

①启动 Word,输入一篇新文档。

②选定文档标题,单击"格式"工具栏的"居中"按钮 ☰ 使标题居中,再单击"加粗"按钮 **B** 使标题变为粗体,然后单击字号按钮中的小三角 小四 ▾ 在下拉的字号中选择小四号字。操作后效果如图 7-9 所示。

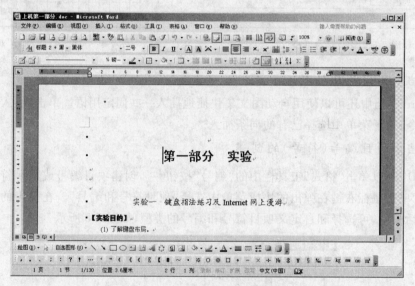

图 7-9 将标题居中加粗

③用鼠标拖曳选定第一段文字,在其上任意处右击,在弹出的快捷菜单中选择"字体",或选择"格式|字体"命令,均会打开如图 7-10 所示的"字体"对话框。

图 7-10 "字体"对话框

　　在中文字体中选择"楷体_GB2312"，在字号中选择"五号"字，在字体颜色中选择"红色"，再单击"确定"按钮。然后再用鼠标拖曳选定第一句文字，单击"格式"工具栏的添加下划线按钮 **U** 给第一句文字添加下划线（也可在字体对话框中设置）。该文档第一段设置效果如图 7-11 所示。

日本的 CQ 出版社是日本非常有名的电子类专业书籍杂志出版社。CQ 出版社旗下的《晶体管技术》和《Design Wave》杂志，今年分别迎来了第 500 期和 100 期的纪念。上面登载了一些怀旧的文章，可以窥见日本的电子工业发展历史。

图 7-11　设置文档字体和字号

　　④选定第二段文字，单击"常用"工具栏的"复制"按钮 或在选定的区域单击右键，在弹出的快捷菜单中选择"复制"选项。将第二段文字复制到剪贴板上。然后新建一空白文档，再单击"粘贴"按钮 将该段文字粘贴到新建文档中去，当然也可以用鼠标右键的快捷菜单操作。

　　⑤在"编辑"菜单下选择"查找"或"替换"，打开"查找和替换"对话框，如图 7-12 所示，单击"替换"选项卡，在"查找内容"中输入要被替换的文字"我"字，在"替换为"中输入"你"字，再单击"查找下一处"，如找到"我"字，则该字高亮显示，单击"替换"则将"我"字替换为"你"字，如单击"全部替换"则将文档中所有的"我"字替换为"你"字。

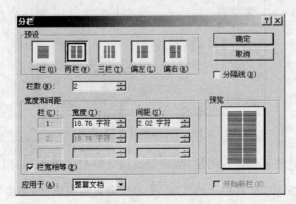

图 7-12　"查找和替换"对话框

　　⑥选定最后一段文字，直接按 Delete 键即可将选定的内容删除，也可单击"编辑|清除"命令来删除选定的内容。再单击"常用"工具栏的"撤消"按钮 来撤消上一步的操作。

　　⑦在文档的末尾增加一个回车符，选定全文（不包含该回车符），单击"格式|分栏"命令，打开如图 7-13 所示的"分栏"对话框。

图 7-13　"分栏"对话框

在"分栏"对话框中设置分栏的栏数,也可设置分隔线,这里选择两栏,不设分隔线,再单击"确定"按钮。分栏后的文档如图 7-14 所示。

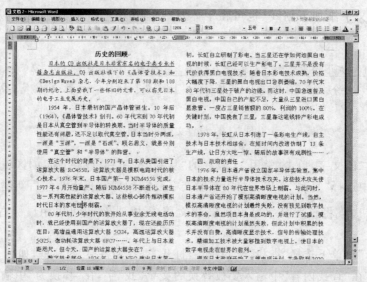

图 7-14　分栏设置后的文档

⑧单击"视图|页眉和页脚"菜单命令,出现"页眉和页脚"工具栏,如图 7-15 所示。同时文档上端出现页眉编辑区。

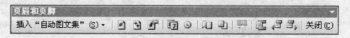

图 7-15　"页眉和页脚"工具栏

在页眉编辑区输入"中国彩电业的危机、机遇和出路",单击"插入|日期和时间"菜单命令,打开如图 7-16 所示的"日期和时间"对话框。选择一种日期和时间格式,再单击"确定"即可插入日期和时间。

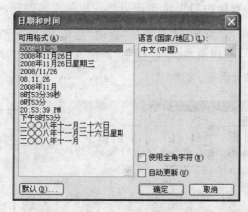

图 7-16　"日期和时间"对话框

再适当调整页眉中文字和日期的位置,即完成插入页眉的操作,如图 7-17 所示。

然后通过"页眉和页脚"工具栏上的按钮切换到页脚编辑区,单击"插入|页码",打开如图 7-18 所示的"页码"对话框。选择位置、对齐方式和格式,单击"确定"按钮即在指定位置插

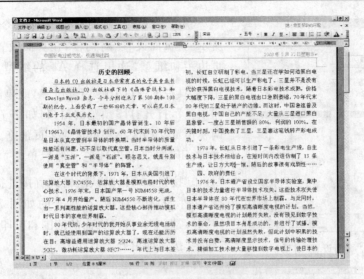

图 7-17　页眉的设置

入页码。也可以通过"页眉和页脚"工具栏中的"插入页码"按钮 或"插入自动图文集"来插
入页码。而且"插入自动图文集"中还可以插入作者、日期等信息，如图 7-19 所示。

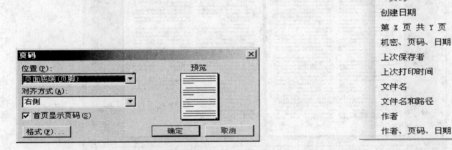

图 7-18　页码设置对话框　　　　　　　　　　　图 7-19　"插入自动图文集"菜单

插入页码后的页脚如图 7-20 所示。

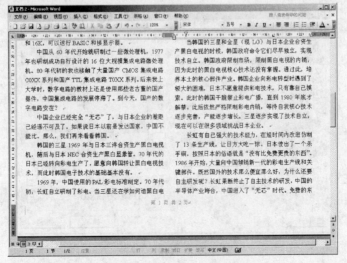

图 7-20　插入页码后的页脚

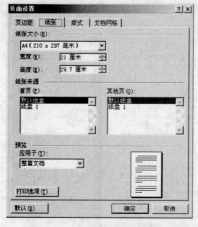

图 7-21 "页面设置"对话框

⑨单击"文件|页面设置"菜单命令，打开如图 7-21 所示的"页面设置"对话框，在页面设置中调整恰当的页边距和纸型，这里选择 A4 的纸型。然后单击"常用"工具栏的"打印预览"按钮，或单击菜单"文件|打印预览"，打开打印预览的窗口，如图 7-22 所示。可以调整预览文档大小和单页或多页预览。预览完毕后单击"关闭"按钮退出预览。然后单击"常用"工具栏的"打印"按钮，以默认的格式直接进行打印。也可选择"文件|打印"选项，在打开的如图 7-23 所示的"打印"对话框中。选择页面的范围和打印的份数，再单击"确定"按钮即可开始打印。

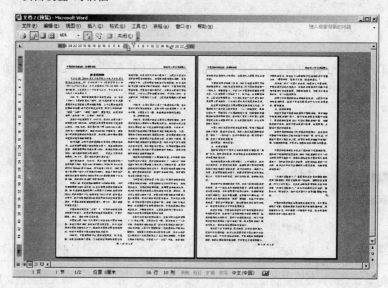

图 7-22 打印预览

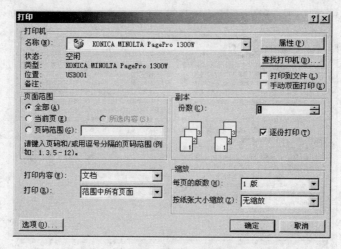

图 7-23 "打印"对话框

【操作练习】

1. 新建一个 Word 文档《工作计划》,标题用四号字、黑体、居中,正文用五号字、宋体。要求使用项目符号制定工作计划的条款。并设置合理的段落格式,再设置页眉和页脚,页眉中要求有"工作计划"的字样,页脚中要求包含页码。

2. 将新建的文档《工作计划》的第一条剪切到文档的最后一行,并将正文复制到另一篇空白文档中。

【知识巩固】

1. 在文档编辑过程中,按 Enter 键与按组合键 Shift＋Enter 的区别在于_____。

2. 编辑文档的过程中,添加一个"★"符号的步骤是_____。

3. 需要打印文档时,单击"常用"工具栏上的"打印"按钮 🖨 和使用"文件|打印"命令的区别在于_____。

4. 要给一段文字添加"赤水情深"文字效果,具体操作步骤是_____。

5. Word 的替换功能所在的下拉菜单是(　　)。

A. 视图　　　　　　　B. 编辑　　　　　　　C. 插入　　　　　　　D. 格式

6. Word 不具有的功能是(　　)。

A. 表格外理　　　　　B. 绘制图形　　　　　C. 文字编辑　　　　　D. 三维动画制作

7. 段落对齐方式中的"分散对齐"指的是(　　)。

A. 左右两端都要对齐,字符少的则加大间隔,把字符分散开以使两端对齐

B. 左右两端都要对齐,字符少的则靠左对齐

C. 或者左对齐或者右对齐,统一就行

D. 段落的每一行右对齐,末行左对齐

8. 当鼠标指针通过 Word 工作区文档窗口时形状为(　　)。

A. I 形　　　　　　　B. 沙漏形　　　　　　C. 箭头形　　　　　　D. 手形

9. 在 Word 的编辑状态下,文档中有一行被选择,当按 Delete 键后(　　)。

A. 删除了插入点所在行

B. 删除了被选择的一行

C. 删除了被选择行及其之后的内容

D. 删除了插入点及其前后的内容

10. 在文档中选择一个段落,可以将鼠标移到段落的左侧空白处(选定栏),然后(　　)。

A. 单击鼠标右键　　　　　　　　　　B. 单击鼠标左键

C. 双击鼠标左键　　　　　　　　　　D. 双击鼠标右键

11. 用拖动的方法把选定的文本复制到文档的另一处,可以(　　)。

A. 按住鼠标左键将选定文本拖动到目的地后松开

B. 按住 Ctrl 键,同时将选定文本拖动到目的地后松开左键

C. 按住 Shift 键,同时将选定文本拖动到目的地后松开左键

D. 按住 Alt 键,同时将选定文本拖动到目的地后松开左键

12. 每单击一次工具栏中的"撤销"按钮,是(　　)。

A. 将上一个输入的字符清除　　　　　　B. 将上一次删除的字符恢复

C. 撤销上一次的操作   D. 撤销当前打开的对话框

13. 在 Word 中,( )一般在文档的编辑、排版和打印等操作之前进行,因为它对许多操作都将产生影响。

A. 页面设置   B. 打印预览   C. 字体设置   D. 页码设定

14. 在 Word 文档编辑中,将一部分内容改为四号楷体,然后,紧接着这部分内容后输入新的文字,则新输入的文字的字号和字体为( )。

A. 四号楷体   B. 五号楷体   C. 五号宋休   D. 四号宋休

15. 在 Word 文档中,用鼠标三击文档中的某个汉字,则选定的内容为( )。

A. 该汉字

B. 包含该汉字在内的一组连续的汉字

C. 该汉字所在的一个句子

D. 该汉字所在的段落

16. 如果输入字符后,单击"撤销"按钮,再单击"重复"按钮,则( )。

A. 在原位置恢复输入的字符

B. 在任意位置恢复输入的字符

C. 删除字符

D. 将字符存入剪贴板

17. 如果要将一行标题居中显示,将插入点移到该标题,单击( )按钮。

A. 分散对齐   B. 两段对齐   C. 居中   D. 增加缩进量

18. 将某一文本段的格式复制为另一文本段的格式,先选择源文本,单击( )按钮后才能进行格式复制。

A. 格式刷   B. 重复   C. 复制   D. 粘贴

19. 在"查找和替换"对话框中,单击( )按钮后才能进行替换操作。

A. 定位   B. 替换   C. 查找   D. 常规

20. 单击( ),选择"符号",打开符号对话框,可在文档中插入符号。

A. 格式   B. 编辑   C. 插入   D. 工具

21. 输入页眉、页脚内容的选项所在的菜单是( )。

A. 视图   B. 格式   C. 插入   D. 文件

22. 下面( )不是 Word 的视图。

A. 页面视图   B. 大纲视图   C. 普通视图   D. 打印视图

23. Word 中将插入点移至文档开头的组合键是( )。

A. Ctrl+Home   B. Ctrl+End   C. Alt+Home   D. Ctrl+PageUp

24. 关于标尺,说法错误的是( )。

A. 可以显示当前页面的尺寸和页边距

B. 水平方向标尺可以进行段落设置、制表

C. 标尺可以进行字体设置

D. 水平方向标尺有分栏、文字移动的作用

25. 在 Word 中,要设置字符颜色,应先选定文字,再选择"格式"菜单中的( )。

A. 段落   B. 字体   C. 样式   D. 颜色

26. 在 Word 编辑状态下,对于选定的文字,不能进行的设置是( )。

A.字体　　　　　　B.字符间距　　　　　C.文字效果　　　　　D.文字意义

27.关于 Word 中分栏说法正确的是(　　　)。

A.栏与栏之间不可以设置分隔线

B.在任何视图下均可以看到分栏效果

C.分栏时首先必须选定要分栏的文本

D.分栏时各栏宽度可以不等

28.在 Word 编辑状态下,若要调整左右边界,利用下列哪种方法更直接、快捷(　　　)。

A.工具栏　　　　　　B.格式栏　　　　　C.菜单　　　　　　D.标尺

1.8　Word 图形操作

【实验目的】

(1)学会在文档中插入图形并对其进行编辑。

(2)掌握图文混排的方法。

【实验环境】

Word 2003。

【实验相关知识简介】

1. 有 3 种方法插入图片

①选择"插入│图片"选项,在子菜单中选择图片的来源,即可以多种方式插入图片,如图 8-1 所示。

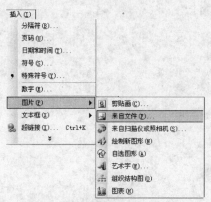

图 8-1　插入图片子菜单

②也可在"绘图"工具栏中单击"插入艺术字"按钮 ,单击"插入剪贴库中的剪贴画"按钮 。单击"插入图片"按钮 则打开如图 8-2 所示的"插入图片"对话框。

图 8-2　"插入图片"对话框

在"查找范围"中选择图片所在的文件夹,再单击要插入的图片文件,然后单击"插入"按钮将图片插入到文档中光标停留的位置。

③在其他文档或程序中单击图片,将其复制到剪贴板上,再将光标移动到文档中要插入图片的位置,最后将图片粘贴上去即可。

2.编辑图片的方法

(1)缩放、移动和删除图片

首先单击选中的图片,将鼠标指针停留在图片四周的控制句柄上,光标变为"↔"或"↕"以及"↘"或"↗"时,按下鼠标左键拖动鼠标,图片会随之按左右方向、上下方向和同比例放大或缩小。

将鼠标指针移动到图片上,当变为"✛"时,按住鼠标左键,拖动鼠标时图片会随之移动。

删除图片非常简单,只需选中图片,再按 Delete 键即可删除。

(2)组合与取消组合图形对象

同时选定多个图形对象,方法是按住 Shift 键不要松开,然后用鼠标连续单击各个对象,这时可见每个对象周围都有控制句柄,在图形中间单击右键,在弹出的快捷菜单中选择"组合",就可以把多个图形组合在一起,并可以同时编辑和移动。

注意:位图文件不能够组合。若要取消组合用右键单击图形,在弹出的快捷菜单中的"组合"选项中选择"取消组合"即可。

3.图文混排的方法

在图文混排中,图片和文字的关系主要有 5 种:嵌入型、四周型、紧密型、浮于文字上方、衬于文字下方。双击插入到文档中的图片,或者在图片上右击,在弹出的快捷菜单中选择"设置图片格式",再单击"版式"选项卡,如图 8-3 所示。

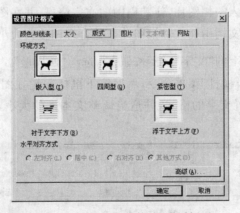

图 8-3 "设置图片格式"对话框

选择不同的环绕方式,再单击"确定"按钮。

4.使用文本框在图片中添加文字

有两种方法插入文本框:

①选择"插入 | 文本框"菜单命令,在其子菜单中选择"横排"或"竖排"。

②在"绘图"工具栏中单击 ≌ 或 ⽸ 。

此时鼠标指针变为"╋"形状,按住鼠标左键移动鼠标确定文字框的大小,输入文字即可。

【示例】

1.在打开的文档中插入一幅图片,并将图片设置为冲蚀效果,再将其置于文字底部。

①打开一篇 Word 文档,将光标定位在要插入图片的位置。

②选择"插入|图片|来自文件"菜单命令,在图 8-2 所示的"查找范围"中选择图片所在的位置,再双击图片的"文件名"就插入了图片,并合理调整图片大小。

③单击"图片",出现"图片"工具栏,如未出现"图片"工具栏则在图片上右击,在弹出的菜单中选择"显示'图片'工具栏"。单击工具栏上的"颜色"按钮 █▌选择冲蚀效果。再单击"文字环绕"按钮 ▨ 选择"衬于文字下方",最后的效果如图 8-4 所示。

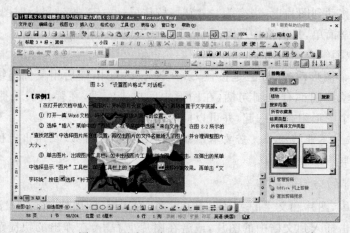

图 8-4　图片以冲蚀方式衬于文字下方

2.在打开的文档中插入一幅图片,使其周围的文字绕排,并在图片上添加文字。

①根据上例的方法在文档中插入一幅图片。并合理调整其大小。

②单击"图片"工具栏上的"文字环绕"按钮 ▨,选择"四周型"。

③单击"插入|文本框|横排"菜单命令,然后按下鼠标左键在图片上拖动,出现一文本框,在文本框中输入文字,设置文字的格式,并适当调整文本框的大小,就可以得到如图 8-5 所示的效果。

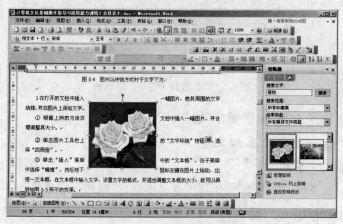

图 8-5　文字在图片四周环绕

3.对一幅剪贴画进行编辑操作。

①在文档中插入如图 8-6 所示的剪贴画。

②在图片上单击右键,在弹出的菜单中选择"编辑图片"命令,图片上出现如图 8-7 所示的方框。

图 8-6　一幅剪贴画

图 8-7　"编辑图片"后的剪贴画

③可以对每一个独立的图形对象进行操作和编辑。如将右边红布变为黄色,可以先单击红布并将其拖到一边,如图 8-8 所示。

图 8-8　将红布拖到一边

④再选中红布,单击绘图工具栏上的 🪣 ▾选择黄色填充,如图 8-9 所示。

图 8-9　将红布用黄色填充

⑤再将黄布拖动至原来的位置,再按住 Shift 键依次选中其他图形对象,再单击右键,在弹出的菜单中选择"组合",再在子菜单中选择"组合"或"重新组合",则各对象又重新组合为一个新的图形对象,如图 8-10 所示。

图 8-10　重新组合对象

【操作练习】

1. 分别在文档中以"四周型"的方式或"衬于文字上方"的方式插入一幅图片,并在其图片上添加文字。

2. 在一篇文档中插入一幅剪贴画,对其进行组合、取消组合和重新组合的操作。

【知识巩固】

1. 在 Word 程序中插入一幅图片后,单击图片,图片周围出现 8 个控点,这些控点的作用是_____。

2. 在图文混排中,图片与文字的关系有 5 种,分别是_____。

3. 复制桌面的方法是按一下_____键,复制活动窗口的方法是先按住_____键,再按一下_____键,对图片进行裁剪的步骤是_____。

4. 按住(　　)键,拖动文本框的控块,文本框对称于中心进行缩放。

A. Shift　　　　　　B. Ctrl　　　　　　C. Tab　　　　　　D. Alt

5. 选中文本框后,文本框边界显示(　　)个控块。

A. 4　　　　　　　B. 6　　　　　　　C. 8　　　　　　　D. 10

6. 在单击文本框后,按(　　)键,删除文本框。

A. Enter　　　　　　B. Delete　　　　　C. Alt　　　　　　D. Shift

7. 如果要将艺术字对称于中心位置进行缩放,按住(　　)键的同时拖动鼠标。

A. Ctrl　　　　　　B. Shift　　　　　　C. Enter　　　　　D. Esc

8. 关于 Word 中的艺术字,说法错误的是(　　)。

A. 艺术字可以在"插入"菜单中"图片"命令中选择

B. 可以通过绘图工具栏插入艺术字

C. 艺术字可以与绘制的图形进行组合

D. 艺术字一生成,就不能改变

9. 在 Word 中,通过绘图工具栏不能进行操作的是(　　)。

A. 画直线、矩形、椭圆等几何图形　　　　B. 插入艺术字和剪贴画

C. 给图形加阴影或三维效果　　　　　　　D. 给图形设置动画效果

10. 在 Word 中关于组合图形,说法正确的是(　　)。

A. 组合图形对象,是为了更好看

B. 可以把组合对象视为一个图形对象进行翻转、旋转、调整大小、移动等操作

C. 只要同时选定几个图形,它们自动进行组合

D. 只有相同形状的图形才能进行组合

11. 图文混排是 Word 的特色功能之一,以下叙述错误的是(　　　)。

A. 可以在文档中插入剪贴画

B. 可以在文档中插入文本框

C. 可以在文档中插入图形

D. 可以在文档中使用配色方案

12. 与选择普通文本不同,单击艺术字时,选中(　　　)。

A. 艺术字整体　　　　　　　　B. 一部分艺术字

C. 一行艺术字　　　　　　　　D. 文档中所有插入的艺术字

13. 在 Word 编辑状态下,添加一文本框应使用的下拉菜单是(　　　)。

A. 视图　　　　　B. 编辑　　　　　C. 插入　　　　　D. 表格

14. 在 Word 中,若要在当前窗口中打开或关闭绘图工具栏,可选择的操作是(　　　)。

A. 单击"工具|绘图"　　　　　　B. 单击"视图|绘图"

C. 单击"编辑|工具栏|绘图"　　　D. 单击"视图|工具栏|绘图"

1.9　Word 表格制作

【实验目的】

(1)学会在文档中创建表格的方法。

(2)熟练掌握对表格的修改。

(3)掌握设置表格格式的方法。

【实验环境】

Word 2003。

【实验相关知识简介】

1.快速创建简单表格

方法是：

①将光标定位在要创建表格的位置。

②单击"常用"工具栏上的"插入表格"按钮 ▦ 。

③在制表示意图中拖动鼠标至所需的行、列数,释放鼠标即可,如图9-1所示。

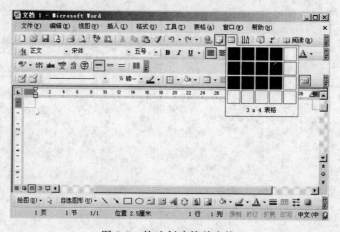

图 9-1　快速创建简单表格

注意:可以使用"表格自动套用格式"命令来为表格设置边框、字体和底纹等格式,从而达到快速美化表格外观的目的。

2.创建复杂表格

①将光标定位在要创建表格的位置。

②单击"常用"工具栏的"表格和边框"按钮 ▱ ,出现"表格和边框"工具栏,单击"绘制表格"按钮 ▱ ,指针变为笔形。

③要确定表格的外围边框,可以先绘制一个矩形。然后在矩形内绘制行、列框线。

④如果要清除一条或一组框线,先单击"擦除"按钮 ▱ ,鼠标指针变为橡皮擦形状后拖过

要擦除的线条。

　　⑤表格创建完毕后即可键入文字或插入图形。图 9-2 为手动创建的复杂表格。

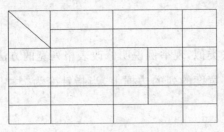

图 9-2　手动创建的复杂表格

3.修改表格

(1)向表格添加行或列

第 1 种方法：

①选定与要插入的行或列数目相同的行或列。

②打开"表格和边框"工具栏上"插入表格"按钮 的下拉菜单，如图 9-3 所示，选择所需的"插入"命令。

图 9-3　插入行或列子菜单

　　注意：要在表格末尾快速添加一行，只需将光标定位在表格的最末单元格后按 Tab 键即可。

第 2 种方法：

　　先选定行或列，单击鼠标右键，在弹出的快捷菜单中选择"插入行"或"插入列"命令，则在选定行上方插入一行或在选定列左边插入一列，如图 9-4 和图 9-5 所示。

图 9-4　插入行菜单　　　　　　图 9-5　插入列菜单

（2）删除行或列

选定行或列,单击鼠标右键,在弹出的快捷菜单中如图 9-4 和图 9-5 所示,选定"删除行"或"删除列"。

（3）修改行高和列宽

行高和列宽的修改方法类似,现举例说明修改表格列宽的方法。

将指针停留在要更改其宽度的列的边框上,当指针变为"$\longleftrightarrow$",然后拖动边框,直到得到所需的列宽为止。

注意:

①要将列宽更改为一个特定的值,请单击列中的任意单元格。单击"表格"菜单中的"表格属性"命令,然后单击"列"选项卡,指定表格宽度。

②要使表格中的列根据内容自动调整宽度,请单击"表格",选择"表格"菜单中的"自动调整",然后单击"根据内容调整表格"命令。

③要显示列宽的数值,请单击单元格,然后在拖动标尺上标记的同时按住 Alt 键。

（4）移动行和列

选定要移动的行或列,然后按下鼠标左键将其拖曳到要移动到的位置即可。

（5）合并、拆分单元格。

第 1 种方法:

先选定要合并的单元格,然后单击"表格和边框"工具栏上的"合并单元格"按钮 ▦ 可以快速合并多个单元格。

如果要拆分多个单元格,请选定这些单元格,然后单击"拆分单元格"按钮 ▦ 。在如图 9-6 所示的对话框中输入拆分的行数和列数即可。

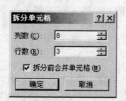

图 9-6 "拆分单元格"对话框

第 2 种方法:

合并单元格:单击"表格和边框"工具栏上的"擦除"按钮 ▨,将要删除的线条擦除。

拆分单元格:单击"表格和边框"工具栏上的"绘制表格"按钮 ▨,指针变成笔形,拖动笔形指针可以创建新的单元格。

4. 表格的修饰

（1）修改表格的边框

选定整个表格,单击右键在弹出的快捷菜单中选择"边框和底纹",打开如图 9-7 所示的窗口,在"预览"下方选择不同的按钮组成表格外围框线和内部框线,并选择适当的线型和宽度,单击"确定"按钮。

（2）给表格添加底纹

选定要添加底纹的行和列,单击"表格和边框"工具栏上的"底纹颜色"按钮 ◇ ▾,选择一

图 9-7　"边框和底纹"对话框

种颜色即可。

【示例】

在文档中插入一个 4 行 6 列的表格,合并第 1 行和第 2 行的前两格表格单元,并对其边框进行修饰,再添加底纹。

①单击"表格和边框"工具栏上的"插入表格"按钮 ▦,插入一个 4 行 6 列的表格。如图 9-8 所示。

图 9-8　快速插入表格

②按下 Shift 键依次选中第 1 行和第 2 行的前两格表格单元,再单击"表格和边框"工具栏的"合并单元格"按钮 ▦,则表格变为如图 9-9 所示。

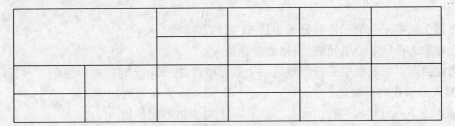

图 9-9　合并单元格之后的表格

③选中整个表格,在"表格和边框"工具栏上选择线型为"双线",粗细为 1.5 磅,再单击"外侧框线"按钮 ▦,得到的表格如图 9-10 所示。

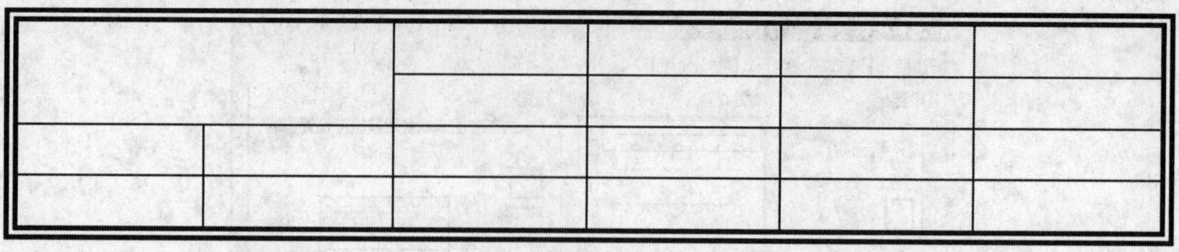

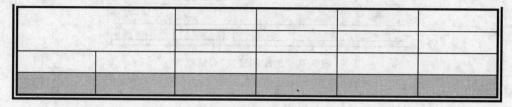

图 9-10　设置边框后的表格

④选中要添加底纹的单元格,在"表格和边框"工具栏上单击"底纹颜色"按钮选择想要的底纹颜色即可。结果如图 9-11 所示。

图 9-11　添加了底纹的表格

【操作练习】

在文档中插入一表格,将其修改为如图 9-12 所示的表格。

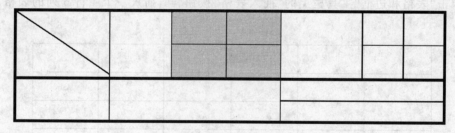

图 9-12　操作练习目标表格

【知识巩固】

1.插入一个 3 行 4 列的表格有_____种方法,分别是_____。

2.将上题创建的表格的第 1 行第 2 个单元格以及第 3 行第 3 个单元格添加底纹的步骤是_____。

3.将第 1 行第 4 个单元格拆分成 1 行 11 列的方法是_____。

4.合并第 2 行后 2 个单元格,表格的变化是_____。

5.当前插入点在表格中某行的最后一个单元格内,按 Enter 键后可以使(　　)。

A.插入点所在的行加宽　　　　　　　　B.插入点所在的列加宽

C.插入点下一行增加一行　　　　　　　D.对表格不起作用

6.在 Word 中,用工具条创建表格,步骤有:(a)用鼠标单击工具条中的表格按钮,然后拖动鼠标选择需要的行列数;(b)把插入点置于想插入表格的地方;(c)当显示的格子达到要求的行列数,释放鼠标键;(d)拖动鼠标到插入点。正确的操作为(　　)。

A.a d c　　　　　　　B.b a c　　　　　　　C.b a d　　　　　　　D.a d

7. 在 Word 中,要将 8 行 2 列的表格改为 8 行 4 列,应(　　)。

A. 选择要插入列位置右边的一列,单击工具栏上的表格按钮

B. 单击工具栏上的表格按钮,拖动鼠标以选择 8 行 4 列

C. 选择要插入列位置左边的一列,单击工具栏上的表格按钮

D. 选择要插入列位置右边已存在的 2 列,单击工具栏上的"插入列"按钮

8. 在 Word 中,关于表格单元格,叙述不正确的是(　　)。

A. 单元格可以包含多个段　　　　　　B. 单元格的内容能为图形

C. 同一行的单元格的格式相同　　　　D. 单元格可以被分隔

9. 在 Word 表格中,对表格的内容进行排序,下列不能作为排序类型的有(　　)。

A. 笔画　　　　　　B. 拼音　　　　　　C. 偏旁部首　　　　D. 数字

10. 当前插入点在表格中最后一个单元格内,按 Tab 键后,(　　)。

A. 插入点所在的列加宽　　　　　　　B. 插入点所在的行加宽

C. 在插入点下一行增加一行　　　　　D. 在插入点右侧增加一列

11. Word 表格是采用(　　)方式生成的。

A. 编程　　　　　　B. 插入　　　　　　C. 绘图　　　　　　D. 连接

12. Word 中,选定表格按 Delete 后,(　　)。

A. 表格被删除　　　　　　　　　　　B. 表格的内容被删除

C. 表格不发生任何变化　　　　　　　D. 表格被剪切

13. Word 中,要计算表格中某行数值的总和,可以使用的函数是(　　)。

A. SUM()　　　　B. TOTAL()　　　C. COUNT()　　　D. AVERAGE()

14. Word 中,若要计算某行数值的平均值,可以使用的函数是(　　)。

A. COUNT()　　　B. MID()　　　　C. AVERAGE()　　　D. SUM()

15. Word 中合并单元格(　　)。

A. 只能合并行上的单元格

B. 合并之后的单元格一定能比之前未合并的任何一个单元格输入更多的内容

C. 只能合并两个单元格

D. 合并的单元格也可以进行拆分

16. Word 中表格操作,不能完成的是(　　)。

A. 在已经生成的表格基础上增加列

B. 在已经生成的表格基础上增加行

C. 自动套用格式修饰表格

D. 对表格中的数据进行分类汇总

17. Word 编辑状态下,若光标位于表格外右侧的行尾处,按 Enter 键,结果(　　)。

A. 光标下移一列　　　　　　　　　　B. 光标下移一行,表格行数不变

C. 插入一行,表格行数改变　　　　　D. 在本单元格内换行,表格行数不变

18. 下列关于 Word 说法正确的是(　　)。

A. 利用 Word 自动套用格式修饰表格之后,表格不能再修改

B. 处在编辑状态下的 Word 文档可以进行重命名

C. Word 表格中,单元格内可以插入表格

D. Word 中不能同时打开多个文件进行操作

1.10　Excel 工作表的基本操作

【实验目的】

(1)掌握 Excel 的基本操作。

(2)掌握工作表的编辑方法。

(3)掌握在工作表中应用公式和函数的方法。

(4)掌握工作簿的管理方法以及多工作表之间的操作。

【实验环境】

Excel 2003。

【实验相关知识简介】

1. Excel 的基本操作

(1)Excel 的启动和退出

单击任务栏的"开始 | 程序 | Microsoft Office | Microsoft Office Excel 2003"即可启动 Excel。Excel 的操作界面如图 10-1 所示。

图 10-1　Excel 操作界面

标题栏:位于 Excel 窗口的顶部。在其左侧显示窗口的名称。

菜单栏:位于标题栏的下方,共有 9 个下拉式菜单,使用菜单可以完成 Excel 的大部分操作。

工具栏:位于菜单栏的下方,由一些带图标的按钮组成,单击这些按钮可以快速地完成各种操作。可以在"视图"菜单中的"工具栏"中显示或隐藏工具栏。

公式栏:在其中可以显示活动单元格的公式或者常数。

行号和列标:用于指示当前单元格的行、列坐标等。

工作表区:窗口最大的空白区域,数据输入、表格处理等操作均在该区完成。

状态栏:位于窗口底部,用于显示当前插入点的位置和命令提示。

标签:位于状态栏的上方,显示当前工作表的名称。

任务窗格:快速创建任务,提高工作效率。

退出 Excel 只需单击标题栏右侧的"关闭"按钮 ✕ 即可。

(2)新建工作簿

①如果需要新建一个基于默认工作簿模板的工作簿,单击"新建"按钮 ▯。

②如果需要新建一个基于模板的工作簿,单击"文件|新建"命令,在任务窗格中选择"本机上的模板",打开如图 10-2 所示的对话框,单击"电子方案表格"选项卡,打开如图 10-3 所示对话框,然后双击所需的模板。

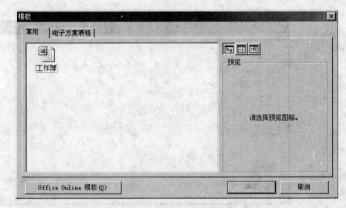

图 10-2 "模板"对话框"常用"选项卡

图 10-3 "模板"对话框"电子方案表格"选项卡

(3)建立工作表

建立一般常用的工作表的步骤如下:

①创建标题栏。单击工作表区的 A1 单元格,输入"学生成绩统计表"再按 Enter 键确认。也可单击工具栏上的"输入"按钮 ✓ 确认操作。

②分别输入行列标题。首先拖动鼠标选定输入区域,再输入相应的行列标题。如图 10-4 所示,拖动鼠标选定 A2:E2 为输入区域,再逐个输入列标题,每输完一格数据按 Enter 键确

认。拖动鼠标选定 A3：A6 为输入区域，再逐个输入行标题，每输完一格数据按 Enter 键确认。

③输入数据。在 B3：E6 区域中依次输入各位同学的成绩。最后得到的工作表如图 10-4 所示。

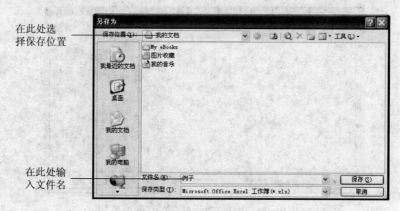

	A	B	C	D	E
1	学生成绩表				
2	姓名	数学	英语	计算机	政治
3	张玉平	85	94	88	78
4	彭皓	90	76	82	80
5	王建国	94	80	88	76
6	何文	92	84	95	68

图 10-4　学生成绩表

（4）保存工作表

选择"文件|保存"或"另存为"菜单命令，也可以单击"常用"工具栏的"保存"按钮，打开如图 10-5 所示的"另存为"对话框。

图 10-5　"另存为"对话框

在保存位置选择要存放工作表的文件夹，如"我的文档"，再输入文件名，如"例子"，然后单击"保存"按钮。

注意：第 1 次保存会出现如图 10-5 所示的对话框，以后再保存将不再出现对话框，而是以原文件名保存在原位置，如果保存文件时需要更改文件的保存位置或者文件名，则需要选择"文件|另存为"命令。

2. 工作表的编辑方法

（1）编辑工作表的内容

双击要编辑的单元格，插入点出现在该单元格内，再对单元格中的内容进行修改。

复制和移动单元格的内容有两种方式：

①覆盖式：将目标单元格的内容替换为新的内容。

方法：选定要复制或移动的单元格区域，将鼠标指针移动到该单元格的区域边框上，当鼠标光标由空心十字形变为箭头　时，按住鼠标左键拖动到目的单元格区域。

②插入式：将要插入的内容插到目标单元格的位置，目标单元格原来的内容向后移动。

方法：与覆盖式相同，但是拖动鼠标时需按住 Shift 键。

注意：在拖动时若按住 Ctrl 键，则进行的是单元格的复制操作。

以上操作也可单击鼠标右键，通过弹出的快捷菜单中的"复制"、"剪切"、"粘贴"选项来完成。

（2）插入单元格

将光标置于要插入单元格的位置，单击鼠标右键，在弹出的菜单中选择要插入的方式，如图 10-6 所示，则插入一空单元格，也可插入一行或一列空单元格。

（3）删除单元格

将光标置于要删除单元格的位置，单击鼠标右键，在弹出的菜单中选择要删除的方式，如图 10-7 所示，则删除一个单元格，也可删除一行或一列单元格。

图 10-6　"插入"对话框　　　　　　　　　图 10-7　"删除"对话框

（4）设置工作表的格式

①对工作表的格式设置。选定要进行格式设置的单元格区域，单击鼠标右键，在弹出的快捷菜单中选择"设置单元格格式"，打开如图 10-8 所示的对话框。单击相应的选项卡，即可完成相应的设置操作。如要设置单元格的字体，单击"字体"选项卡。即可设置字体、字型、字号等格式。

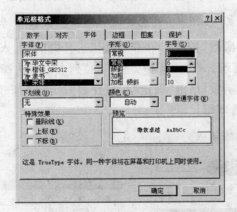

图 10-8　"单元格格式"对话框

②调整工作表的列宽和行高。将鼠标光标移动至单元格的列标或行号之间，当光标变成十字箭头形状时按住鼠标左键拖动，到满意的位置释放左键，列宽或行高调整完毕。

（5）打印工作表

①单击"常用"工具栏的打印预览按钮 预览工作表文档，文档的版面可通过页面设置进行调整。

②单击"文件|页面设置"命令，打开"页面设置"对话框，如图 10-9 所示。在"页面设置"对话框中可以设置页边距、页面缩放比例、页眉和页脚等格式。

③单击"文件|打印"命令，打开"打印"对话框，如图 10-10 所示，选定打印范围和份数，单击"确定"按钮开始打印。

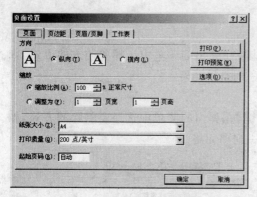

图 10-9　"页面设置"对话框　　　　图 10-10　"打印"对话框

3. 在工作表中应用公式和函数的方法

（1）创建运算公式的两种方法

方法 1：单击要创建公式的单元格，输入一个"＝"号，再输入公式的内容，按 Enter 键确认。

方法 2：在编辑栏编辑公式。

注意：无论用哪种方法，在输入公式前都要先输入"＝"号。

（2）使用函数

①输入函数。在单元格中的计算公式中直接输入运算函数，再按 Enter 键。

②使用工具栏函数按钮求和。选定要累加的单元格区域，最后一行或一列为空单元格，单击"常用"工具栏的"自动求和"按钮 **Σ**，则选定区域的数值被累加，其结果被放到空行或空列。

③使用工具栏的"插入函数"按钮。单击"常用"工具栏的"插入函数"按钮 *fx*，打开"插入函数"对话框，如图 10-11 所示。在"或选择类别"下拉列表框中选择所需的函数类别，在"选择函数"列表框中选择所需的函数，单击"确定"。打开如图 10-12 所示的对话框（随函数名的不同而不同），再输入运算参数即可。

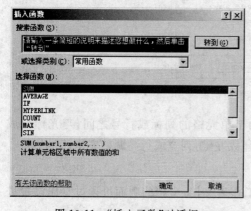
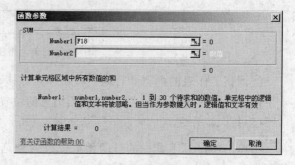

图 10-11　"插入函数"对话框　　　　图 10-12　"函数参数"对话框

4. 工作簿的管理方法以及多工作表之间的操作

（1）工作表之间的切换及重命名

新建一个工作簿时包含了 3 个工作表，即 Sheet1～Sheet3，要切换到活动工作表只需单击相应工作表的标签即可。若双击某工作表的标签,可将该工作表重新命名。

（2）工作表的复制和移动

在要移动或要复制的工作表标签上单击鼠标右键,弹出如图 10-13 所示的快捷菜单,选择其中的"移动或复制工作表",打开如图 10-14 所示的对话框,选定要移至的工作簿,再将该工作表移至选定的工作表之前,完成工作表的移动操作。若选择"建立副本"复选框,则执行工作表的复制操作。

图 10-13　工作表操作快捷菜单　　　　图 10-14　"移动或复制工作表"对话框

（3）工作表的插入和删除

如果要在某个工作表之前插入一个工作表,只需在该工作表标签上单击鼠标右键,在弹出的如图 10-13 所示的快捷菜单中选择"插入",在打开的"插入"对话框中选择"工作表"图标,单击"确定"按钮。若要删除工作表则在快捷菜单中选择"删除"命令即可。

（4）多工作簿的操作

①切换工作簿窗口。选择"窗口"菜单中的工作簿文件名即可。

②重排窗口。单击"窗口|重排窗口"命令,在如图 10-15 所示的对话框中选择排列方式即可对窗口重新排列。

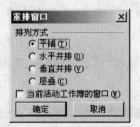

图 10-15　"重排窗口"对话框

【示例】

1. 新建一个工作簿,以"例子"为文件名保存在"作业"文件夹中,并建立如图 10-4 所示的工作表。

将图 10-4 的学生成绩表的标题的字体改为楷体并加粗,字号设为 18,并将"彭皓"同学的英语成绩改为 86 分,然后在"王建国"前添加"李明"同学的成绩记录。给该工作表加边框线,外框为粗线,内框为细线。再给"姓名"一栏添加底纹,最后添加页眉和页脚并以 200％的比例打印出来。

①单击任务栏的"开始|程序|Microsoft Office|Microsoft Office Excel 2003"启动 Excel,

然后单击 Excel 工具栏上的"保存"按钮 ，在打开的"另存为"对话框中输入文件名"例子"，并选择文件保存的位置。最后，在工作表 Sheet1 中按图 10-4 所示输入相应内容。

②选定学生成绩表的标题单元格区域。通过"格式"工具栏的相应按钮设置字体为"楷体_GB2312"，字型为"加粗"，字号为 18。

③双击 C4 单元格，将成绩由 76 改为 86。

④选择"王建国"所在的行号 5，单击鼠标右键，在弹出的快捷菜单中选择"插入"命令，即在王建国的上方插入一空行，再在空行中输入"李明"的成绩。

⑤选定除掉标题以外的数据区域，单击鼠标右键，在弹出的快捷菜单中选择"设置单元格格式"。打开"单元格格式"对话框，选择"边框"选项卡，在"样式"区域中选择粗线，单击"外边框"，再选择"样式"区域中的细线，单击"内部"，如图 10-16 所示。单击"确定"按钮完成框线的设置。

⑥选定 A2:A7，单击鼠标右键，在弹出的快捷菜单中选择"设置单元格格式"。单击"图案"选项卡，如图 10-17 所示，再单击"图案"打开下拉列表框，选择适当的底纹，然后单击"确定"按钮。

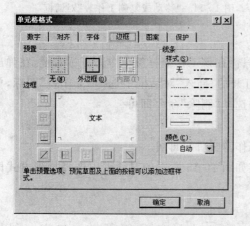

图 10-16　设置表格的边框

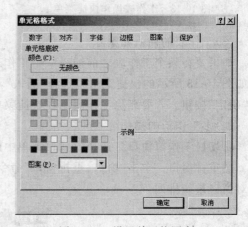

图 10-17　设置单元格图案

⑦单击"文件|页面设置"命令，选择"页面"选项卡，将缩放比例调整为"200％"，如图10-18所示。

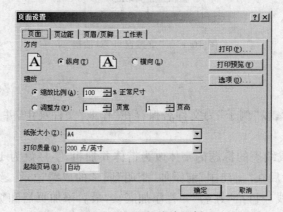

图 10-18　调整缩放比例

再单击"页眉/页脚"选项卡,在打开的"页面设置"对话框中设置页眉和页脚,如图 10-19 所示,然后单击"确定"按钮。

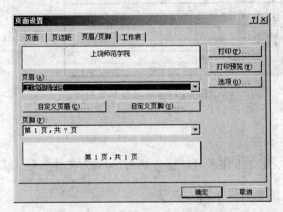

图 10-19　设置页眉/页脚

设置页眉、页脚时,可以从页眉或者页脚下拉列表框中选择 Excel 提供的格式,也可以单击"自定义页眉"或者"自定义页脚",在弹出的对话框中自行设置。

⑧单击"文件|打印"命令,在"打印"对话框设置打印的范围和打印份数,单击"确定"按钮,开始打印。

2.在上面示例的基础上给学生成绩表增加"总分"和"平均分"列,并将结果计算出来。

①在该工作表中增加"总分"和"平均分"两个列标题。

②求总分有以下方法。

ⓐ选取 B3:F3 区域,单击"常用"工具栏的自动求和按钮 Σ,即可自动将求和结果输入到 F3 单元格。按住鼠标左键拖动 F3 单元格的填充柄到 F4、F5、F6 和 F7 单元格。

也可以同时选定 B3:F7 的所有区域,再单击"常用"工具栏的自动求和按钮 Σ。

ⓑ选择 F3 单元格,输入"=SUM(B3:E3)",按 Enter 键确认。

③求平均分可使用插入函数。

选择 G3 单元格,单击公式栏的"插入函数"按钮 f_x,打开如图 10-11 所示的"插入函数"对话框。选择"常用函数",函数名为"AVERAGE",单击"确定"按钮,打开求平均值的对话框,在 Number1 中输入 B3:E3,再单击"确定"按钮。

用复制公式的方法求其他学生的平均分。

具体操作为:单击 G3,将鼠标移至 G3 的右下角,当鼠标指针变为黑实心十字时按住鼠标左键,拖动至 G4 及其他单元格,则公式被复制,结果也自动被计算出来。

注意:选中单元格后,将鼠标指针移到单元格的填充柄上,当鼠标指针变为黑实心十字时按住鼠标左键并拖动则可以复制单元格的内容或者公式。

得到的工作表如图 10-20 所示。

3.将标题合并居中

①选中 A1:G1 区域。

②单击"格式"工具栏上的"合并及居中"按钮 。最后,单击"文件"菜单中的"保存"命令来保存"例子.xls"。

	A	B	C	D	E	F	G
1	学生成绩表						
2	姓名	数学	英语	计算机	政治	总分	平均分
3	张玉平	85	94	88	78	345	86.25
4	彭皓	90	86	82	80	338	84.5
5	李明	78	89	65	80	312	78
6	王建国	94	80	88	76	338	84.5
7	何文	92	84	95	68	339	84.75

图 10-20　求总分和平均分

【操作练习】

1. 按图 10-21 所示,建立工作表,以"操作练习. xls"为文件名存入 D 盘下。

	A	B	C	D
1	库存表			
2	商品名称	单价	数量	入库时间
3	电视机	2580	80	2000年8月
4	风扇	200	140	2001年6月
5	电冰箱	3560	56	2001年5月
6	空调	5800	65	2001年7月
7	电热水器	4600	38	2000年12月

图 10-21　"操作练习. xls"工作表

2. 在题 1 最后一列添加"总价"一列,将每种商品的总价计算出来。

3. 另建一个工作簿——"例子. xls",分别打开"操作练习. xls"和"例子. xls",将"操作练习. xls"中的 Sheet1 改为"库存",将"例子. xls"的 Sheet1 改为"成绩",将"例子. xls"的成绩工作表移至"操作练习. xls"的 Sheet2 之前,再将"操作练习. xls"中的"库存"表复制到"例子. xls"的最后,然后删除"操作练习. xls"中的 Sheet2,最后保存退出。

4. 将"库存"表的标题行设为粗黑体、16 磅,并在空调前插入"电饭煲,280,230,2001 年 3 月",删除"风扇"行所在的单元格。然后将"商品名称"行添加底纹。给该表格添加页眉和页脚,页眉为居中显示的"库存详细情况",页脚为"第一页,操作练习. xls",最后以 150% 的比例打印出来。

【知识巩固】

1. 工作表是由行和列组成的单元格,每行分配一个数字,它以行号的形式显示在工作表网格的左边,行号从 1 变化到(　　)。

A. 127　　　　　　　B. 128　　　　　　　C. 65536　　　　　　　D. 65537

2. 在 Excel 文档使用的默认扩展名为(　　)。

A. doc　　　　　　　B. txt　　　　　　　C. xls　　　　　　　D. dot

3. 在 Excel 编辑状态,"编辑"菜单中"复制"命令的功能是将选定的文本或图形(　　)。

A. 复制到另一个文件插入点位置　　　B. 由剪贴板复制到插入点

C. 复制到文件的插入点位置　　　　　D. 复制到剪贴板上

4. 在 Excel 中,若想输入当天日期,可以通过下列哪个组合键快速完成(　　)。

A. Ctrl＋A　　　　B. Ctrl＋;　　　　C. Shift＋Ctrl1＋A　　D. Shift＋Ctrl＋;

5. 在 Excel1 中,对于单一的工作表,可以使用(　　)来移动画面。

A. 滚动条　　　　　B. 状态栏　　　　　C. 标尺　　　　　　D. 任务栏

6. 在 Excel 中,若要把工作簿保存在磁盘上,可按(　　)键。

A. Ctrl+A　　　　　B. Ctrl+S　　　　　C. Shift+A　　　　　D. Shift+S

7. Excel 中可以使用的运算符中,没有(　　)运算符。

A. 算术　　　　　B. 关系　　　　　C. 字符　　　　　D. 逻辑

8. 在 Excel 中,被选中的单元格称为(　　)。

A. 工作簿　　　　　B. 活动单元格　　　　　C. 文档　　　　　D. 拆分框

9. 在 Excel 中,所有文件数据的输入及计算都是通过(　　)来完成的。

A. 工作簿　　　　　B. 工作表　　　　　C. 活动单元格　　　　　D. 文档

10. 在 Excel 中,默认工作表的名称为(　　)。

A. Work1、Work2、Work3

B. Document1、Document2、Document3

C. Book1、Book2、Book3

D. Sheet1、Sheet2、Sheet3

11. 在 Excel 中,工作簿名称放置在工作区域顶端的(　　)中。

A. 标题栏　　　　　B. 编辑栏　　　　　C. 活动单元格　　　　　D. 工作表

12. 在 Excel 中,工作表行列交叉的位置称之为(　　)。

A. 滚动条　　　　　B. 状态栏　　　　　C. 单元格　　　　　D. 标题栏

13. 使用坐标 E3 引用工作表 E 列第 3 行的单元格,这称为对单元格坐标的(　　)。

A. 绝对引用　　　　　B. 相对引用　　　　　C. 混合引用　　　　　D. 交叉引用

14. 在 Excel 中,若活动单元格在 F 列 4 行,其引用的位置以(　　)表示。

A. F4　　　　　B. 4F　　　　　C. G5　　　　　D. 5G

15. 在 Excel 中,单一单元格内最多可输入(　　)个字符。

A. 254　　　　　B. 255　　　　　C. 256　　　　　D. 257

16. Excel 中的文字连接符号为(　　)。

A. $　　　　　B. &　　　　　C. %　　　　　D. @

17. 在 Excel 提供的 4 类运算符中,优先级最低的是(　　)。

A. 算术运算符　　　　　B. 比较运算符　　　　　C. 文本运算符　　　　　D. 引用运算符

18. 用(　　),使该单元格显示 0.5。

A. 3/6　　　　　B. "3/6"　　　　　C. = "3/6"　　　　　D. =3/6

19. 在 Excel 工作表中,如未特别设定格式,则文字数据会自动(　　)对齐。

A. 靠左　　　　　B. 靠右　　　　　C. 居中　　　　　D. 随机

20. 在 Excel 工作表中,如未特别设定格式,则数值数据会自动(　　)对齐。

A. 靠左　　　　　B. 靠右　　　　　C. 居中　　　　　D. 随机

21. Excel 中内置的图表类型大致上分为(　　)种平面图与(　　)种立体图。

A. 9,6　　　　　B. 6,9　　　　　C. 5,8　　　　　D. 8,5

22. 在 Excel 中,输入文字的方式除直接输入外,还可使用(　　)函数。

A. TEXT()　　　　　B. SUM()　　　　　C. AVERAGE()　　　　　D. COUNT()

23. 在 Excel 中,高级搜索不能根据下列哪项进行查找(　　)。

A. 文件的保留日期　　　　　　　　　　B. 摘要信息

C. 文件的存放位置　　　　　　　　　　D. 文件名

24. 在 Excel 中,当用户使用多个条件查找符合条件的记录数据时,可以使用逻辑运算符, AND 的功能是( )。

    A. 查找的数据必须符合所有条件　　　　B. 查找的数据至少符合一个条件

    C. 查找的数据至多符合所有条件　　　　D. 查找的数据不符合任何条件

25. 在 Excel 中,当用户使用多个条件查找符合这些条件的记录数据时,可以使用逻辑运算符, OR 的功能是( )。

    A. 查找的数据必须符合所有条件　　　　B. 查找的数据至少符合一个条件

    C. 查找的数据至多符合所有条件　　　　D. 查找的数据不符合任何条件

26. 不属于 Excel 算术运算符的有( )。

    A. *　　　　　　　　B. /　　　　　　　　C. ′　　　　　　　　D. ^

27. 在 Excel 中,若要将光标向右移动到下一个工作表屏幕的位置,可按( )键。

    A. Ctrl+PageUp　　　　　　　　　　B. Ctrl+PageDown

    C. PageUp　　　　　　　　　　　　　D. PageDown

28. 在 Excel 中,若要将光标向左移动到下一个工作表屏幕的位置,可按( )键。

    A. Ctrl+PageUp　　　　　　　　　　B. Ctrl+PageDown

    C. PageUp　　　　　　　　　　　　　D. PageDown

29. 在 Excel 中,若要将光标移到活动单元格所在位置的 A 列,可按( )键。

    A. PageUp　　　　　B. PageDown　　　　C. Home　　　　D. End

1.11 Excel 图表制作

【实验目的】

(1)掌握如何创建一个图表。

(2)掌握编辑图表的方法。

【实验环境】

Excel 2003。

【实验相关知识简介】

(1)图表具有较好的视觉效果,可方便用户查看数据的差异和预测趋势。

(2)可以在工作表上创建图表,或将图表作为工作表的嵌入对象使用。

(3)创建一个图表有两种方法:使用"图表向导"和使用功能键创建图表。

【示例】

1.使用"图表向导"创建图表

①启动 Excel,打开工作簿文件,如在 1.10 部分中所建立的学生成绩表。

②选定待生成图表的数据区域。如果希望数据的行列标志也显示在图表中,则选定区域还应包括含有行列标志的单元格。在本例中为 A2:E7。

③单击工具栏中的"图表向导"按钮 。打开"图表向导"对话框。如图 11-1 所示。

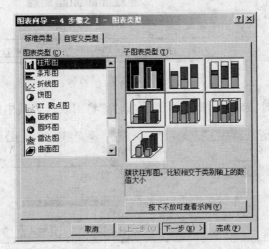

图 11-1 "图表向导"对话框

④选择图表类型为"柱状图",子图表类型为"簇状柱形图"。再单击"下一步"按钮。打开"图表数据源"对话框,如图 11-2 所示。

⑤用户可在"数据区域"输入新的数据区域,本例中不作改变,选择系列产生在"行",单击

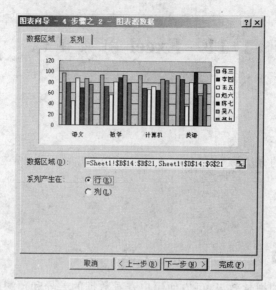

图 11-2　"图表数据源"对话框

"下一步"按钮。

　　⑥打开"图表选项"对话框,如图 11-3 所示,直接单击"下一步"按钮。

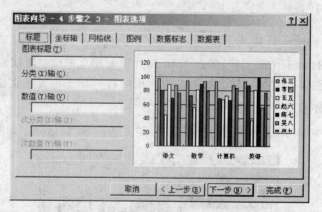

图 11-3　"图表选项"对话框

　　⑦打开"图表位置"对话框,如图 11-4 所示,选择"将图表作为其中的对象插入"。

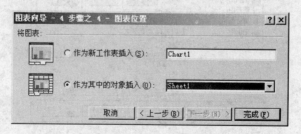

图 11-4　"图表位置"对话框

　　⑧单击"完成"按钮。图表创建完毕,生成的图表如图 11-5 所示。

2.使用功能键创建图表

如果要通过默认图表类型创建图表工作表,只需选定生成图表的数据后按下 F11 功能键

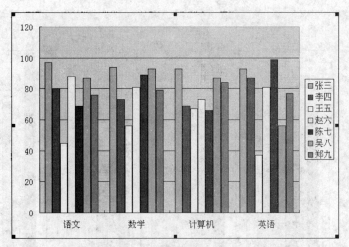

图 11-5 使用图表向导生成的图表

即可。如在上例中选定 A2：E7，再按 F11 键，则创建的图表作为新表插入，如图 11-6 所示。

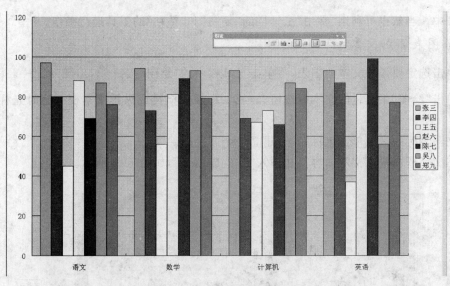

图 11-6 使用功能键创建的图表

3. 编辑图表

（1）调整嵌入图表的位置和大小

调整位置：将鼠标移至图表位置，单击选定图表（图表的边框出现 8 个小黑方块）。按住鼠标左键拖动至满意位置即可。

调整大小：将鼠标移至选定图表的边框的黑色小方块处（控制句柄），鼠标指针变为双箭头，再按住鼠标左键拖动可调整图表大小。

（2）添加和删除数据

选定要删除的数据区域，如选择上例中"李四"所在的一行，再按 Delete 键，则该行数据被清除，对应的图表中的该项也被清除，如图 11-7 所示。

如要添加数据，先选定要添加的数据区域，如 A6：E6，在其上单击鼠标右键，在快捷菜单中选择"复制"，然后在 A4 单元格单击鼠标右键，在快捷菜单中选择"粘贴"则将选定的数据添

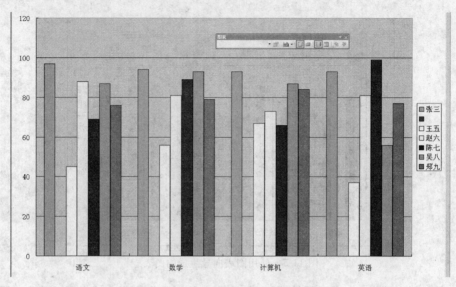

图 11-7　清除"李四"成绩后的图表

加到图表中。当然也可利用"常用"工具栏的"复制"和"粘贴"的工具进行操作。

4.给图表添加文本

①单击选定要添加文本的图表,再单击工具栏中的"绘图"按钮 ,出现"绘图"工具栏。

②单击"绘图"工具栏的文本框按钮 或 ,添加横排或纵排文本框。此时光标变为十字形。

③在图表标题区域单击鼠标左键,建立一个文字框。

④在文字框内输入文本内容。如输入"学生成绩表",如图 11-8 所示。

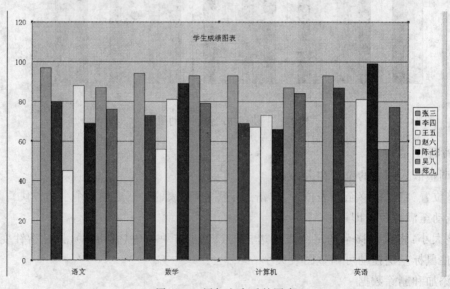

图 11-8　添加文本后的图表

⑤若要修改表格中的文本,选中文字框后直接修改文本即可。

注意:对于创建完毕的图表,也可通过选择"图表"菜单下的"图表选项"命令,在打开的"图表选项"对话框中设置图表标题、分类轴、数值轴等。

5. 修改图表类型

方法一:将鼠标移到图表上的空白处,当出现"图表区"提示文字的时候,单击鼠标右键,在弹出的快捷菜单中选择"图表类型",然后在打开的对话框中选择图表类型即可。

方法二:选择"图表"菜单下的"图表类型",在打开的对话框中选择需要的图表类型。

6. 修改图表的源数据

方法一:将鼠标移到图表上的空白处,当出现"图表区"提示文字的时候,单击鼠标右键,在弹出的快捷菜单中选择"源数据",然后在弹出的对话框中修改数据区域或者直接用鼠标选择相应的数据单元格。

方法二:选择"图表"菜单下的"源数据",然后在弹出的对话框中修改数据区域或者直接用鼠标选择相应的数据单元格。

【操作练习】

打开在 1.10 中建立的工作簿——操作练习. xls,将 sheet3 改为"商品利润额表",再在工作表"商品利润额表"中输入如图 11-9 所示内容,然后根据此工作表建立一嵌入式图表,其图表类型为"三维簇状柱形图",系列产生在列,调整图表位置使其左上角到 F1 单元格,调整图表大小,使得图表刚好覆盖 F1:J12 区域。

删除工作表中的书籍数据系列,再添加体育用品数据系列,其各月份利润额自己输入,然后观察图表的相应变化。

给该图表添加文本标题"第一季度商品利润额图表"。然后将该图表转变为堆积折线图。

最后,保存"操作练习. xls"。

	A	B	C	D
1	第一季度商品利润额表(万元)			
2		一月	二月	三月
3	书籍	3.5	2.4	4.2
4	家电	5.9	7.3	3.6
5	服装	4.7	3	2.8
6	文具	2.5	2.9	1.8
7	五金	1.5	3.2	2

图 11-9 第一季度商品利润额图表

【知识巩固】

1. 下列关于 Excel 2003 的叙述中,正确的是( )。

A. Excel 将工作簿的每一张工作表分别作为一个文件来保存

B. Excel 的图表必须生成与生成该图表的有关数据处于同一张工作表上

C. Excel 工作表的名称由文件名决定

D. Excel 允许一个工作簿中包含多个工作表

2. 在 Excel 中,不能用( )的方法建立图表。

A. 在工作表中插入或嵌入图表　　　　　B. 添加图表工作表

C. 从非相邻选定区域建立图表　　　　　D. 建立数据库

3. 在 Excel 中,单击"图表"工具栏中的"数据表"按钮( )。

A. 会切换到数据表　　　　　　　　　　B. 会将数据表在图表中显示出来

C. 会将图表放在数据表中　　　　　　　D. A 和 B

4. Excel 中工作簿的基础是（　　　）。

A. 数据　　　　　　　B. 图表　　　　　　　C. 单元格　　　　　　D. 拆分框

5. 用 Excel 可以创建各类图表,如条形图、柱形图等。为了显示数据系列中每一项占该系列数值总和的比例关系,应该选择哪一种图表?（　　　）

A. 条形图　　　　　　B. 柱形图　　　　　　C. 饼图　　　　　　　D. 折线图

6. 在 Excel 中以工作表 Sheet1 中某区域的数据为基础建立的独立图表,该图表标签"图表 1"在标签栏中的位置是（　　　）。

A. Sheet1 之前　　　　B. Sheet1 之后　　　　C. 最后一个　　　　　D. 不确定

7. 工作表数据的图形表示方法称为（　　　）。

A. 工作簿　　　　　　B. 图表　　　　　　　C. 单元格　　　　　　D. 工作表

8. 在 Excel 中创建图表可以使用（　　　）。

A. 图表向导　　　　　B. 模板　　　　　　　C. 图文框　　　　　　D. 拆分框

9. 在 Excel 中,图表中（　　　）会随着工作表中数据的改变而发生相应的变化。

A. 系列数据的值　　　B. 图例　　　　　　　C. 图表类型　　　　　D. 图表位置

10. 移动 Excel 图表的方法是（　　　）。

A. 将鼠标指针放在图表边线上,按鼠标左键拖动

B. 将鼠标指针放在图表控点上,按鼠标左键拖动

C. 将鼠标指针放在图表内,按鼠标左键拖动

D. 将鼠标指针放在图表内,按鼠标右键拖动

11. 图表的类型有多种,折线图最适合反映（　　　）。

A. 数据之间的对应关系

B. 单个数据在所有数据构成的总和中所占比例

C. 数据间量的变化快慢

D. 数据之间量与量的大小差异

1.12　Excel 数据管理

【实验目的】

(1)掌握创建数据清单的方法。

(2)熟悉数据排序和筛选的方法。

(3)掌握数据分类汇总的方法。

【实验环境】

Excel 2003。

【实验相关知识简介】

1. 建立数据清单应遵循规则

①不要在一个工作表上建立多个数据清单。

②应在数据清单和其他数据间至少留一列或一行空白单元格。

③关键数据不要放在数据清单的左右两侧,数据和文本也不要混合放置。

2. 对单列数据排序

①在数据清单中单击要排序的字段。

②单击工具栏中的升序按钮 $\frac{A}{Z}\downarrow$ 或降序按钮 $\frac{Z}{A}\downarrow$,即可完成排序。

3. 对多列数据进行排序

①单击列表中的任一单元格。

②选择"数据"菜单中的"排序"命令,打开如图 12-1 所示的"排序"对话框。

③在"主要关键字"的下拉列表中选择排序的字段名,再选择"递增"或"递减"排序。如果要对多行或多列数据进行排序,可依次设置"次要关键字"或"第三关键字"。

④选择"有标题行"以防止标题参加排序。

⑤单击"选项"按钮,打开"排序选项"对话框,如图 12-2 所示。选择需要的选项,单击"确定"按钮。

图 12-1　"排序"对话框

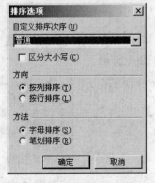

图 12-2　"排序选项"对话框

⑥单击"确定"按钮,即可对数据清单进行排序。

4．数据的筛选

①单击列表中任一单元格。

②选择"数据|筛选|自动筛选"菜单命令后,工作表的每个列标题上出现一个下拉筛选箭头。

③从相应的下拉列表中选择要显示的数据。也可以选择"自定义",在"自定义自动筛选方式"对话框中设置筛选条件。

④单击"确定"按钮,完成数据的筛选操作。

⑤若想恢复列表,再次单击"数据|筛选|自动筛选"菜单命令,将"自动筛选"前的☑取消选择,列表恢复原状。

5．分类汇总

①对分类汇总的字段进行排序。

②单击"数据"菜单中的"分类汇总"选项,打开"分类汇总"对话框。

③在"分类字段"下拉列表中选择要分类汇总的数据列,在"汇总方式"下拉列表中选择计算函数,在"选定汇总项"复选框中选择汇总的字段。

④单击"确定",得到分类汇总的结果。

注意:在按某些字段分类汇总之前一定要先按这些字段排序,未排序的分类汇总是没有任何意义的。

【示例】

1.对1.10中图10-4的学生成绩表分别按"姓名"进行升序排列,按"数学"成绩进行降序排列。

①单击 A2:A6 的任一单元格,即"姓名"字段。然后单击工具栏中的升序按钮 ᵃↆ 完成升序排列。排序后的结果如图12-3所示。

	A	B	C	D	E
1	学生成绩表				
2	姓名	数学	英语	计算机	政治
3	何文	92	84	95	68
4	彭皓	90	76	82	80
5	王建国	94	80	88	76
6	张玉平	85	94	88	78

图 12-3　学生成绩表排序结果 1

②单击 B2:B6 的任一单元格。然后单击工具栏中的降序按钮 ᶻↆ 完成降序排列。排序后的结果如图12-4所示。

	A	B	C	D	E
1	学生成绩表				
2	姓名	数学	英语	计算机	政治
3	王建国	94	80	88	76
4	何文	92	84	95	68
5	彭皓	90	76	82	80
6	张玉平	85	94	88	78

图 12-4　学生成绩表排序后的结果 2

2. 对上题的列表按"计算机"成绩进行升序排列,成绩相同的再按"姓名"降序排列。

①单击数据区域的任一单元格。

②选择"数据"菜单中的"排序"命令,打开如图 12-1 所示的对话框。

③在"主要关键字"的下拉列表中选择"计算机","递增"排序;次要关键字为"姓名","递减"排列。

④选择"有标题行"单选项。

⑤单击"确定"按钮,完成排序。排序结果如图 12-5 所示。

	A	B	C	D	E
1	学生成绩表				
2	姓名	数学	英语	计算机	政治
3	彭皓	90	76	82	80
4	张玉平	85	94	88	78
5	王建国	94	80	88	76
6	何文	92	84	95	68

图 12-5　学生成绩表排序后的结果 3

3. 筛选第一题学生成绩表中英语成绩在 80～90 分之间的学生成绩。

①单击数据区域中任一单元格。

②选择"数据|筛选|自动筛选"菜单命令。工作表的每个列标题上出现一个下拉筛选箭头。

③单击"英语"右方的筛选箭头,选择"自定义",打开"自定义自动筛选方式"对话框。

④在第一个条件下拉列表框中选择"大于或等于",在其后输入 80。

⑤打开第二个条件下拉列表框,选择"小于或等于",在其后输入 90。

⑥设置两个条件为"与"的关系,如图 12-6 所示。

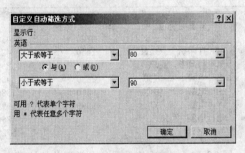

图 12-6　"自定义自动筛选方式"对话框

⑦单击"确定"按钮完成筛选。筛选结果如图 12-7 所示。

	A	B	C	D	E
1	学生成绩表				
2	姓名 ▼	数学 ▼	英语 ▼	计算机 ▼	政治 ▼
5	王建国	94	80	88	76
6	何文	92	84	95	68

图 12-7　学生成绩表筛选后的结果

4. 对如图 12-8 所示的商品库存表,统计各类商品的数量和总额。

①以"商品名称"为主要关键字进行排序。方法请参照例(1)与例(2)。

②单击"数据"菜单中的"分类汇总"选项,打开"分类汇总"对话框。

	A	B	C	D	E
1	商品名称	型号	单价	数量	总计
2	打印机	EPSON	1720	25	43000
3	电脑	联想	8880	28	248640
4	电脑	海尔	9860	14	138040
5	打印机	CANON	1430	30	42900
6	电脑	TCL	9999	10	99990

图 12-8　商品库存表

③在分类字段下拉列表中选择"商品名称"，在"汇总方式"下拉列表中选择"求和"，在"选定汇总项"复选框中选择汇总的字段"数量"和"总计"。

④选择"汇总结果显示在数据下方"复选框，如图 12-9 所示。

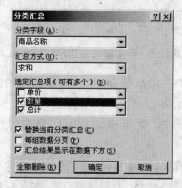

图 12-9　"分类汇总"对话框

⑤单击"确定"按钮，完成对商品名称的分类汇总。得到分类汇总的结果如图 12-10 所示。

	A	B	C	D	E
1	商品名称	型号	单价	数量	总计
2	打印机	EPSON	1720	25	43000
3	打印机	CANON	1430	30	42900
4	打印机 汇总			55	85900
5	电脑	联想	8880	28	248640
6	电脑	海尔	9860	14	138040
7	电脑	TCL	9999	10	99990
8	电脑 汇总			52	486670
9	总计			107	572570

图 12-10　对商品名称进行分类汇总的结果

【操作练习】

打开"操作练习.xls"，在其中插入工作表"商品库存表"，并输入如图 12-8 所示的内容，插入工作表"图书商品表"，并输入如图 12-11 所示的内容。

	A	B	C	D	E
1	图书名称	类别	单价	数量	总价
2	红楼梦	小说	20.8	38	790.4
3	VB入门	教材	35	50	1750
4	围城	小说	18.5	26	481
5	电路	教材	22	13	286
6	VF详解	教材	41	36.8	1508.8

图 12-11　图书商品表

①对图 12-8 所示的库存表按数量进行升序排列,再筛选单价在 2000～4000 元之间的商品。

②对如图 12-11 所示的图书商品表按类别进行分类汇总,统计出每种类别图书的数量和总价。

【知识巩固】

1. 不属于 Excel 使用的数据库函数是（ ）。

A. DMIN B. DGET C. DCOUNTA D. ATAN

2. 用 Excel 创建一个学生成绩表,要按照班级统计出某门课程的平均分,需要使用的方法是（ ）。

A. 数据筛选 B. 排序 C. 合并计算 D. 分类汇总

3. 在进行分类汇总之前,必须对数据清单进行（ ）。

A. 筛选 B. 有效计算 C. 建立数据库 D. 排序

4. 如果一个关于人员情况的数据列表中包含有"年龄"字段和"工资"字段,指定主要关键字为"年龄",次要关键字为"工资"来进行排序操作,其结果是（ ）。

A. 分别按照"年龄"和"工资"字段排两次序

B. 按照"年龄"和"工资"字段数值的和排序

C. 先按年龄顺序,年龄一样者则按工资顺序排序

D. 先按工资顺序,工资一样者则按年龄顺序排序

5. 下列关于排序操作的叙述中正确的是（ ）。

A. 排序时只能对数值型字段进行排序,对于字符型的字段不能进行排序

B. 用于排序的字段称为"关键字",在 Excel 中只能有一个关键字段

C. 一旦排序后就不能恢复原来的记录排列

D. 排序选定的数据清单中不能含有合并的单元格,否则提示要求合并单元格具有相同大小

6. 在 Excel 中,下面关于分类汇总的叙述错误的是（ ）。

A. 分类汇总前数据必须按关键字字段排序

B. 分类汇总的关键字段只能是一个字段

C. 汇总方式只能是求和

D. 分类汇总可以删除,但删除汇总后排序操作不能撤销

7. 关于 Excel 中筛选,说法正确的是（ ）。

A. 筛选之后,没有显示的数据已经丢失不能恢复

B. 自动筛选不能自定义筛选

C. 筛选之前必须对数据清单进行排序

D. "高级筛选"可以筛选出"自动筛选"能筛选出的所有数据

1.13　PowerPoint 基本操作

【实验目的】

(1)学会启动和退出 PowerPoint。

(2)了解 PowerPoint 的窗口界面和工具栏。

(3)掌握演示文稿的创建、打开、保存和打印方法。

【实验环境】

PowerPoint 2003。

【实验相关知识简介】

1.启动和退出 PowerPoint

①单击 Windows 任务栏的"开始|程序|Microsoft Office|Microsoft Office PowerPoint 2003",启动 PowerPoint,如图 13-1 所示。

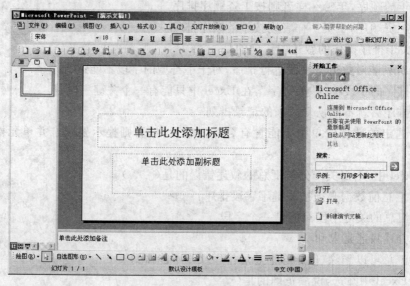

图 13-1　启动 PowerPoint 后的窗口

②退出 PowerPoint 只需单击标题栏的"关闭"按钮即可。如尚未存盘系统会提示是否保存文件。

2.PowerPoint 的窗口界面

如图 13-1 所示的窗口最上方为标题栏,标题栏最右边为最小化、最大化和关闭按钮。

标题栏下方为菜单栏,通过选择相应的菜单命令可以完成 PowerPoint 的大部分操作。

菜单栏下方是工具栏,可以利用工具按钮快捷地完成各种操作。窗口的最下方为状态栏,显示当前的编辑状态。

状态栏上方是绘图工具栏。

绘图工具栏左上方是三个视图按钮,用于对幻灯片的视图方式进行切换。

任务窗格位于右侧,用来快速建立新任务。

3. 演示文稿的创建

(1)根据"内容提示向导"新建演示文稿

①单击"文件"菜单中的"新建"命令,在任务窗格中选择"根据内容提示向导",打开如图 13-2 所示的"内容提示向导"对话框。

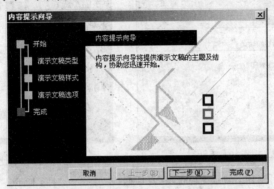

图 13-2　"内容提示向导"对话框

②单击"下一步"按钮,打开"内容提示向导-[通用]-演示文稿类型"对话框,如图 13-3 所示。在左边的按钮中选择演示文稿的主题,然后在右边的列表中选择合适的模板。

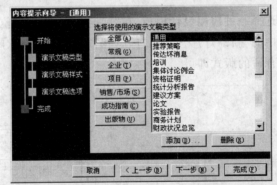

图 13-3　"内容提示向导-[通用]-演示文稿类型"对话框

③单击"下一步"按钮,打开"内容提示向导-[通用]-演示文稿样式"对话框,如图 13-4 所示。选择一种演示文稿的输出类型。

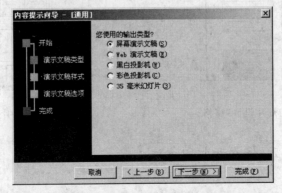

图 13-4　"内容提示向导-[通用]-演示文稿样式"对话框

④再单击"下一步"按钮,在"内容提示向导-[通用]-演示文稿选项"对话框中输入演示文稿的标题以及页脚信息,如图13-5所示。

⑤单击"下一步"按钮,在"完成"对话框如图13-6所示中单击"完成"按钮即完成演示文稿的创建。在屏幕上出现演示文稿的大纲视图和第一张幻灯片的视图,可根据需要再在此基础上进行修改。

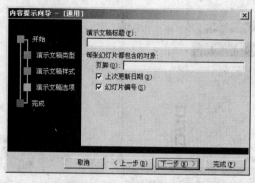

图13-5　"内容提示向导-[通用]-演示文稿选项"对话框　　　　图13-6　"完成"对话框

（2）根据"设计模板"创建演示文稿

①单击"文件|新建"菜单命令,在任务窗格中选择"根据设计模板",打开如图13-7所示的"幻灯片设计"窗格。

②根据自己的喜好选择一种应用设计模板,在"标题"和"副标题"位置输入相应的文字。

③选择"插入"菜单中的"新幻灯片"命令,打开如图13-8所示的"幻灯片版式"窗格。根据幻灯片的设计需要选择合适的版式即可。

图13-7　"幻灯片设计"窗格

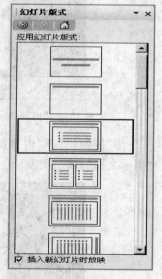

图13-8　"幻灯片版式"窗格

4.演示文稿的打开、保存和打印方法

（1）文稿的保存

演示文稿创建完毕之后,单击"文件"菜单中的"保存"命令,也可单击"常用"工具栏的"保

存"按钮 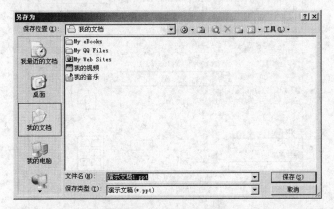 。如果是第 1 次存盘,会打开"另存为"对话框,如图 13-9 所示。在"保存位置"中确定文稿要保存的位置,再输入文件名,最后单击"保存"按钮完成操作。

图 13-9 "另存为"对话框

如果要改变文件的保存位置和文件名,可单击"文件"菜单中的"另存为"命令。

(2)文稿的打开

单击工具栏的"打开"按钮 或选择"文件"菜单中的"打开"命令,均会打开如图 13-10 所示的"打开"对话框。

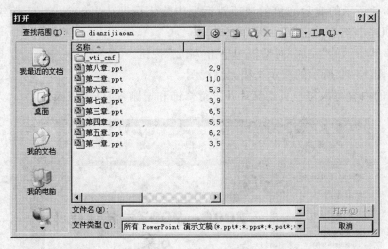

图 13-10 "打开"对话框

在打开对话框中选择演示文稿所在的位置,然后双击文件名打开该文稿。

(3)文稿的打印

选择"文件"菜单中的"打印"命令,打开如图 13-11 所示的"打印"对话框,设置好打印范围为"全部"或"当前幻灯片",再设置打印内容和打印份数,单击"确定"按钮即开始打印。

【示例】

使用"内容提示向导"建立一个学期报告演示文稿。

①启动 PowerPoint,单击"文件"菜单中的"新建"命令,在任务窗格中选择"根据内容提示向导"。

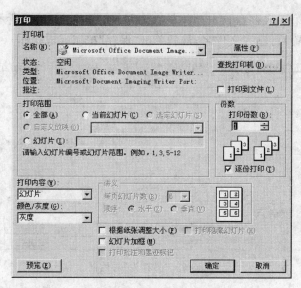

图 13-11 "打印"对话框

②在图 13-2 所示的对话框中单击"下一步"按钮。

③在图 13-3 所示的演示文稿的类型对话框选择"常规"当中的"建议方案"。

④在图 13-4 所示的演示文稿的样式对话框中选择"屏幕演示文稿",单击"下一步"按钮。

⑤在图 13-5 所示的演示文稿的选项对话框中输入标题为"2006—2007 学年评优方案",页脚为"计算机系",然后单击"下一步"按钮。

⑥在图 13-6 所示的"完成"对话框中单击"完成"按钮。

⑦出现如图 13-12 所示的演示文稿大纲视图。

⑧把需要的内容写入每一页幻灯片并进行修饰和增删,即可完成操作。

图 13-12 "学期报告"演示文稿大纲视图

【操作练习】

1. 使用"根据内容提示向导"创建一个 PowerPoint 演示文稿,命名为"操作练习"。修改第 1 张幻灯片的标题为"我的第 1 个演示文稿"。

2. 利用"根据设计模板"创建一个 PowerPoint 演示文稿,命名为"个人简历"。要求该演示文稿至少包含 3 张幻灯片。

【知识巩固】

1. 如果要关闭演示文稿,但不想退出 PowerPoint,可以(　　)。

A. 单击"文件"菜单中的"关闭"　　　　　B. 单击"文件"菜单中的"退出"

C. 单击 PowerPoint 标题栏"关闭"按钮　　D. 双击窗口左上角"控制菜单"按钮

2. 在 PowerPoint 中,在磁盘上保存的演示文稿的默认扩展名是(　　)。

A. pot　　　　　　B. ppt　　　　　　C. dot　　　　　　D. ppa

3. 在 PowerPoint 中,如果要关闭演示文稿,同时退出 PowerPoint,可以(　　)。

A. 单击"文件"菜单中的"关闭"　　　　　B. 单击"文件"菜单中的"退出"

C. 单击"关闭窗口"按钮　　　　　　　　D. 单击窗口左上角"控制菜单"按钮

4. 在幻灯片(　　)视图中,不能通过拖动幻灯片更改幻灯片的次序。

A. 大纲　　　　　　B. 普通　　　　　　C. 浏览　　　　　　D. 幻灯片放映

5. PowerPoint 一共提供了(　　)。

A. 大纲视图、普通视图、页面视图

B. 大纲视图、浏览视图、页面视图

C. 大纲视图、联机版式视图、普通视图

D. 普通视图、大纲视图、浏览视图、幻灯片视图、备注页视图

6. 在需要整体观察幻灯片时,应该选择(　　)。

A. 大纲视图　　　　B. 普通视图　　　　C. 幻灯片放映视图　　D. 浏览视图

7. PowerPoint 中,有关选定幻灯片的说法中错误的是(　　)。

A. 在浏览视图中单击幻灯片,即可选定

B. 如果要选定多张不连续幻灯片,在浏览视图下按 Ctrl 键并单击各张幻灯片

C. 如果要选定多张连续幻灯片,在浏览视图下,按住 Shift 键并单击最后要选定的幻灯片

D. 在幻灯片视图下,也可以选定多个幻灯片

8. PowerPoint 中,在浏览视图下,按住 Ctrl 并拖动某幻灯片,可以完成(　　)操作。

A. 移动幻灯片　　　B. 复制幻灯片　　　C. 删除幻灯片　　　D. 选定幻灯片

9. 不是合法的"打印内容"选项的是(　　)。

A. 幻灯片　　　　　B. 备注页　　　　　C. 讲义　　　　　　D. 文字

1.14　PowerPoint 幻灯片的制作与放映

【实验目的】

(1)学习制作幻灯片的方法。
(2)掌握格式化演示文稿。
(3)掌握幻灯片的修改和编辑。
(4)掌握在幻灯片中插入对象的方法。
(5)熟悉放映幻灯片的方法。

【实验环境】

PowerPoint 2003。

【实验相关知识简介】

1.制作幻灯片

①单击"常用"工具栏上的"新建"按钮，打开如图 14-1 所示的"幻灯片版式"窗格。
②在如图 14-1 所示的"应用幻灯片版式"区域选取"标题和文本"版式。

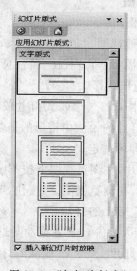

图 14-1　"幻灯片版式"

③进入如图 14-2 所示的幻灯片视图后,出现"单击此处添加标题"和"单击此处添加文本"两个占位符。
④单击这两个占位符,分别输入演示文稿的标题和正文。
注意:添加新幻灯片与新建演示文稿不同,演示文稿是由若干张幻灯片组成的。新建演示文稿可通过单击"文件"菜单中的"新建"命令来完成,新幻灯片可通过单击"格式"工具栏上的"新幻灯片"按钮来完成。

图 14-2　幻灯片视图的占位符

2. 格式化文稿

(1)文字格式化

可利用如图 14-3 所示的"格式"工具栏的按钮改变幻灯片文字的字体、字号等。也可单击"格式"菜单中的"字体"命令，在打开的"字体"对话框中进行设置，如图 14-4 所示。

图 14-3　"格式"工具栏

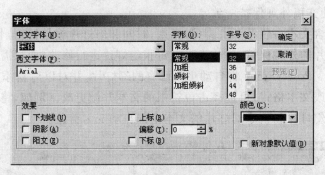

图 14-4　"字体"对话框

(2)段落格式化

利用"格式"菜单中的"对齐方式"命令可设置段落对齐方式，选择菜单"格式|行距"菜单命令可设置行距和段落间距，还可利用"格式"菜单设置项目符号和编号。

(3)对象格式化

PowerPoint 还可以对插入的文本框、图片、表格、图表等对象进行格式化操作，对象格式化也包括填充颜色、阴影、边框等操作，可通过"绘图"工具栏中的按钮来完成，也可通过"格式"菜单下的相应选项来完成。在 PowerPoint 中插入对象和格式化对象的操作与在 Word 中的操作基本类似。

3. 幻灯片的修饰和编辑

(1)应用设计模板

用户可以选取 PowerPoint 自带的应用模板快速地改换文稿外观，具体步骤如下：

①单击"格式"菜单中的"幻灯片设计"命令或单击工具栏上的"设计"按钮 设计(S)，打开如图 14-5 所示的任务窗格。

②在可供使用列表中选择所需设计模板，也可单击"浏览"，在打开的"应用设计模板"对话框中选取其他模板。

图 14-5　"幻灯片设计"

(2)利用母板使文稿外观保持一致

幻灯片母版包含文本占位符和页脚（如日期、时间和幻灯片编号）占位符，如图 14-6 所示。如果要将多张幻灯片的外观保持一致，不必对每张幻灯片进行修改，而只需在幻灯片母版上进行一次性设置即可。PowerPoint 将自动更新已有的幻灯片，并对以后新添加的幻灯片应用这些更改。如果要更改文本格式，可选择占位符中的文本并做更改。例如，将文本占位符的颜色改为蓝色将使已有幻灯片和新添幻灯片的文本全部自动变为蓝色。

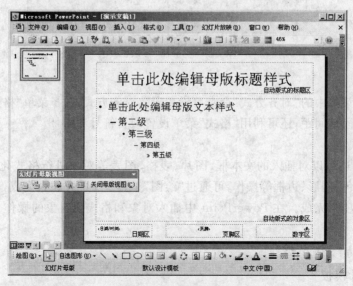

图 14-6　幻灯片母板

操作步骤：

①依次单击"视图|母版|幻灯片母版"菜单命令。

②出现如图 14-6 所示的窗口，在窗口中进行设置。

例如，改变字体、改变文本的大小或颜色、改变项目符号，或者添加图片或文本框。

③单击"幻灯片母版视图"工具栏上的"关闭母版视图"按钮如图 14-6 所示，完成操作。

（3）幻灯片的背景设置

选择"格式"菜单下的"背景"命令，打开如图 14-7 所示的"背景"对话框，可在该对话框中将颜色、图案、纹理或图片设置为幻灯片的背景。对话框中各选项的含义如下：

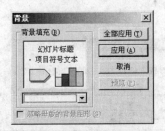

图 14-7 "背景"对话框

"全部应用"按钮：操作适用于所有幻灯片。

"应用"按钮：操作只适用于当前所选幻灯片。

"忽略母版的背景图形"复选框：选中，表示新选择的背景替换原来的母版图形；不选，则表示新设置的背景与原来的图形融合。

（4）移动和删除幻灯片

移动：

①单击"视图"菜单中的"幻灯片浏览"命令，将幻灯片切换到浏览视图。

②选定要移动的幻灯片，按住鼠标左键拖动到新的位置。

删除：

删除幻灯片只需选定要删除的幻灯片后按 Delete 键即可。

4. 掌握在幻灯片中插入对象的方法

（1）插入图片

①打开要添加图片的幻灯片。

②单击"插入|图片|来自文件"菜单命令，打开"插入图片"对话框，如图 14-8 所示。

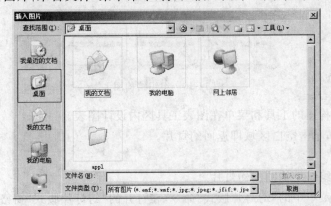

图 14-8 "插入图片"对话框

③选择所需的图片后单击"插入"按钮。

也可通过单击"插入|图片|剪贴画"菜单命令,在剪辑库中选择所需的图片插入。

(2)在幻灯片中插入影片和声音

同插入图片的方法一样,既可选择从文件中插入影片和声音,也可选择从剪辑管理器中插入。下面以在幻灯片中插入声音为例。

①打开要添加影片和声音的幻灯片。

②单击"插入|影片和声音|文件中的声音"菜单命令。

③在打开的"插入声音"对话框中选择所需的声音文件,单击"确定"按钮,打开如图 14-9 所示的对话框。

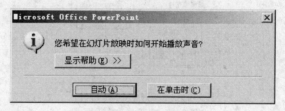

图 14-9 播放方式的选择

单击"自动"按钮,则放映到该幻灯片时声音会自动播放;若希望在幻灯片放映过程中,只有当单击声音图标时才播放声音,则应单击按钮"在单击时"。

④幻灯片上会出现一个声音图标 。如果要在普通视图中预览声音,可双击该图标。

(3)插入组织结构图

方法一:

①打开要添加组织结构图的幻灯片。

②单击"插入|图片|组织结构图"菜单命令。

③出现如图 14-10 所示的"组织结构图"工具栏及工作区。

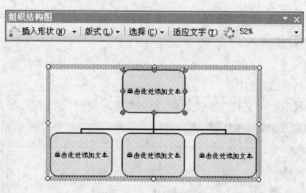

图 14-10 组织结构图

④使用组织结构图的工具和菜单在图表工具区内设计图表。

⑤设计完成后,单击空白区域即返回幻灯片。

方法二:

①打开要添加组织结构图的幻灯片。

②单击"格式"菜单中的"幻灯片版式"命令,在打开的"幻灯片版式"窗格中选择"标题和图示或组织结构图"版式,如图 14-11 所示。

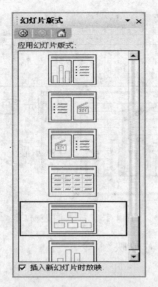

图 14-11　"组织结构图"版式

③双击"双击此处添加组织结构图"，打开如图 14-12 所示的"图示库"对话框。

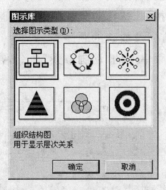

图 14-12　"图示库"对话框

④选择图示类型后单击"确定"按钮，在结构图中输入相应内容即可。

（4）在演示文稿中添加图表

①打开要添加组织结构图的幻灯片。

②单击"常用"工具栏上的"插入图表"按钮 ，打开如图 14-13 所示的窗口。

该窗口显示了一个"数据表"表格以及与该表格的数据相关的图表。数据表内提供了行标签、列标签以及数据的示范信息，用户可在表格内重新输入新的数据，也可通过单击"编辑"菜单的"导入文件"命令，从文本文件、Excel 等文件中导入数据后生成新的图表。还可将 Excel 的图表直接插入演示文稿中。

5. 幻灯片放映

（1）幻灯片的放映方法

可采用以下任意一种方法放映幻灯片：

①单击演示文稿窗口左下角的"幻灯片放映"按钮 。

②单击"幻灯片放映"菜单中的"观看放映"命令。

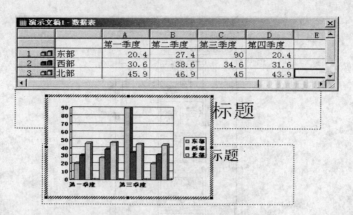

图 14-13　插入图表窗口

③单击"视图"菜单中的"幻灯片放映"命令。

④按 F5 功能键。

(2)幻灯片对象的动画设置

①选定欲进行动画设置的对象(文本、图像、图表等)。

②单击"幻灯片放映"菜单中的"自定义动画"命令,打开"自定义动画"窗格。

③单击窗格中的"添加效果"按钮,选择对象放映时的动画方式,如图 14-14 所示。还可在该窗格中设置对象放映的速度、方向及放映的顺序等。

也可通过选择"幻灯片放映"菜单下的"动画方案"命令,在打开的"幻灯片设计"窗格中设置对象的动画效果。

图 14-14　"自定义动画"窗格

(3)幻灯片切换效果的设置

①选择需要设置切换效果的幻灯片。

②单击"幻灯片放映"菜单中的"幻灯片切换"命令,打开如图 14-15 所示的任务窗格。

③在"应用于所选幻灯片下"选择所需的切换效果,并对切换速度、声音以及换片方式等进行设置。

图 14-15　"幻灯片切换"窗格

　④若要将切换效果应用于所有幻灯片,点击"应用于所有幻灯片"按钮即可。

　(4)幻灯片放映方式的设置

　单击"幻灯片放映"菜单中的"设置放映方式"命令,打开如图 14-16 所示的"设置放映方式"对话框,设置好放映类型、放映范围和换片方式,再单击"确定"按钮完成设置。

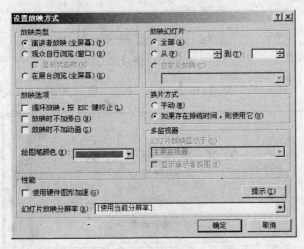

图 14-16　"设置放映方式"对话框

【示例】

　使用"幻灯片版式"快速创建组织结构图演示文稿,并在其中插入一副剪贴画。

　①单击"常用"工具栏的"新建"按钮 。

　②在"幻灯片版式"窗格选择"标题和图示或组织结构图"版式。打开如图 14-17 所示的窗口。

　③单击"格式"工具栏上"设计"按钮 设计(S),选择所要的模板。效果如图 14-18 所示。

　④在"单击此处添加标题"中输入"计算机系机构图",并对字体、字型进行设置。

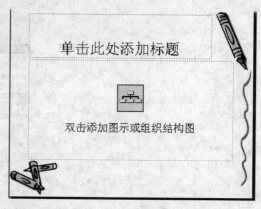

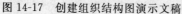

图 14-17　创建组织结构图演示文稿　　　　图 14-18　利用模板改换文稿外观

⑤双击"双击此处添加组织结构图"，打开如图 14-19 所示的"图示库"对话框。

图 14-19　图示库

⑥选择第 1 行第 1 列的图文类型，单击"确定"按钮，窗口如图 14-20 所示。

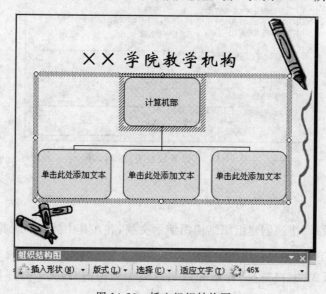

图 14-20　插入组织结构图

⑦单击组织结构图工具栏中的"自动套用格式"按钮，选择"粗边框"。

⑧在最顶层的图框中输入"计算机系"。

⑨在下一级的子图框中依次键入"基础教研室"、"应用教研室"、"软件教研室"。

⑩单击"软件教研室"图框,在组织结构图工具栏中选择"插入形状"下的"同事",则在图框右侧添加了一个图框,在其中输入"硬件教研室"。

⑪单击"基础教研室",在工具栏中选择"插入形状"下的"下属",此时在该图框下面出现一个子图框,再输入"曾老师"。

⑫依照上述步骤的方法在每个教研室的图框下添加子图框。

⑬单击幻灯片空白区域,最后得到的组织结构图如图 14-21 所示。

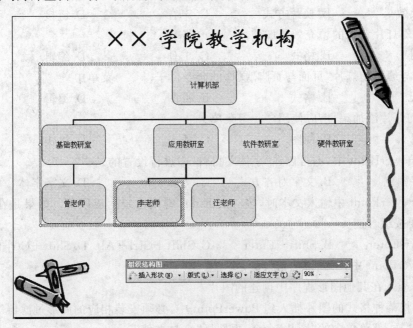

图 14-21　组织结构图示例

【操作练习】

1.新建一演示文稿,对演示文稿中的文字格式化,并在其中插入一副剪贴画。利用模板改换其外观。

2.在上题创建的演示文稿中增加一张幻灯片,插入一个 Excel 图表。

3.继续添加一张组织结构图幻灯片。

4.对前面完成的幻灯片设置放映方式为按盒状展开,中速切换,放映类型为"演讲者播放"。

【知识巩固】

1.在 PowerPoint 中,若要建立超级链接,可以使用(　　　)。

A."插入"菜单中的命令　　　　　　　B."格式"菜单中的命令

C."视图"菜单中的命令　　　　　　　D."编辑"菜单中的命令

2.幻灯片的配色方案可以通过(　　　)更改。

A.模板　　　　　B.母版　　　　　C.样式　　　　　D.版式

3.PowerPoint 不能实现的功能是(　　　)。

A. 文字编辑　　　　　　B. 绘制图形　　　　　　C. 创建图表　　　　　　D. 数据分析

4. 在 PowerPoint 中,绘制图形时,如果要用椭圆工具画出的图形为正圆形,应按住(　　　)。

A. Shift　　　　　　　B. Ctrl　　　　　　　　C. Alt　　　　　　　　D. Tab

5. 在 PowerPoint 中没有的对齐方式是(　　　)。

A. 左对齐　　　　　　B. 右对齐　　　　　　　C. 垂直对齐　　　　　　D. 分散对齐

6. 在幻灯片放映时,从一张幻灯片过渡到下一张幻灯片,称为(　　　)。

A. 动作设置　　　　　B. 过渡　　　　　　　　C. 幻灯片切换　　　　　D. 过卷

7. "幻灯片切换"对话框中不能设置的选项包括(　　　)。

A. 切换效果　　　　　B. 换片方式　　　　　　C. 声音　　　　　　　　D. 链接

8. 设置幻灯片背景的填充效果应使用(　　　)菜单

A. 视图　　　　　　　B. 格式　　　　　　　　C. 工具　　　　　　　　D. 编辑

9. 添加与编辑幻灯片"页面与页脚"操作的命令位于(　　　)菜单中。

A. 插入　　　　　　　B. 格式　　　　　　　　C. 视图　　　　　　　　D. 编辑

10. 为幻灯片添加编号,应使用(　　　)菜单。

A. 编辑　　　　　　　B. 视图　　　　　　　　C. 插入　　　　　　　　D. 格式

11. 在 PowerPoint 中,不可以在"字体"对话框中进行设置的是(　　　)。

A. 文字颜色　　　　　B. 文字对齐方式　　　　C. 文字大小　　　　　　D. 文字字体

12. 在 PowerPoint 中输入文本时,按一次 Enter 键则系统生成段落。如果是在段落中另起一行,需要按组合键(　　　)。

A. Ctrl＋Enter　　　　B. Shift＋Enter　　　　C. Shift＋Ctrl＋Alt　　D. Shift＋Ctrl＋Del

13. PowerPoint 中,下列说法错误的是(　　　)。

A. 允许插入在其他图形程序中创建的图片

B. 为了将某种格式的图片插入到 PowerPoint 中,必须安装相应的图形过滤器

C. 选择"插入"菜单中的"图片"命令,再选择"来自文件"

D. 在插入图片前,不能预览图片

14. PowerPoint 中,下列说法错误的是(　　　)。

A. 可以利用自动版式建立带剪贴画的幻灯片,用来插入剪贴画

B. 可以向已存在的幻灯片中插入剪贴画

C. 可以修改剪贴画

D. 不可以为图片重新上色

15. PowerPoint 中,下列有关在应用程序间复制数据的说法中错误的是(　　　)。

A. 只能使用复制和粘贴的方法来实现信息共享

B. 可以将幻灯片复制到 Word 中

C. 可以将幻灯片移动到 Excel 工作簿中

D. 可以将幻灯片拖动到 Word 中

16. PowerPoint 中,下列有关幻灯片母版中的页眉页脚说法中错误的是(　　　)。

A. 页眉或页脚是加在演示文稿中的注释性内容

B. 典型的页眉/页脚内容是日期、时间以及幻灯片编号

C. 在打印演示文稿的幻灯片时,页眉/页脚的内容也可打印出来

D. 不能设置页眉和页脚的文本格式

17. PowerPoint 中,关于表格的下列说法错误的是( )。

A. 可以向表格中插入新行和新列　　　　　　B. 不能合并和拆分单元格

C. 可以改变列宽和行高　　　　　　　　　　D. 可以给表格添加边框

18. PowerPoint 中,在( )视图中,用户可以看到画面变成上下两半,上面是幻灯片,下面是文本框,可以记录演讲者讲演时所需的一些重点提示。

A. 备注页视图　　　B. 浏览视图　　　C. 幻灯片视图　　　D. 黑白视图

19. PowerPoint 中,在( )视图中,可以精确设置幻灯片的格式。

A. 备注页视图　　　B. 浏览视图　　　C. 幻灯片视图　　　D. 黑白视图

20. 在 PowerPoint 中,"格式"下拉菜单中的( )命令可以用来改变某一幻灯片的布局。

A. 背景　　　　　　B. 幻灯片版面设置　　C. 幻灯片配色方案　　D. 字体

21. 在 PowerPoint 2003 中,窗口的视图切换按钮有( )。

A. 4 个　　　　　　B. 5 个　　　　　　C. 6 个　　　　　　D. 3 个

22. PowerPoint 中,要切换到幻灯片母版中,( )。

A. 单击"视图"菜单中的"母版",再选择"幻灯片母版"

B. 按住 Alt 键的同时单击"幻灯片视图"按钮

C. 按住 Ctrl 键的同时单击"幻灯片视图"按钮

D. A 和 C 都对

23. 如要终止幻灯片的放映,可直接按( )键。

A. Ctrl+C　　　　　B. Esc　　　　　　C. End　　　　　　D. Alt+F4

24. 单击( )菜单中的"背景"命令可以改变幻灯片的背景。

A. 格式　　　　　　B. 幻灯片放映　　　C. 工具　　　　　　D. 视图

25. 对于演示文稿的描述正确的是( )。

A. 演示文稿中的幻灯片版式必须是一样的

B. 使用模板可以为幻灯片设置统一的外观样式

C. 只能在窗口中同时打开一份演示文稿

D. 可以使用"文件"菜单中的"新建"命令为演示文稿添加新幻灯片

26. 在对幻灯片中某对象进行动画设置时,应在( )对话框中进行。

A. 自定义动画　　　B. 动画预览　　　C. 动态标题　　　D. 幻灯片放映

27. 选中某个"应用设计模板"双击后,该模板将( )生效。

A. 仅对当前幻灯片　　　　　　　　　　　　B. 对所有已打开的演示文稿

C. 对正在编辑的幻灯片对象　　　　　　　　D. 对所有幻灯片

28. 当在交易会进行广告片的放映时,应该选择( )放映方式。

A. 演讲者放映　　　B. 观众自行浏览　　C. 在展台浏览　　　D. 需要时单击某键

29. 当在幻灯片中插入了声音以后,幻灯片中将会出现( )。

A. 喇叭标记　　　　B. 一段文字说明　　C. 链接说明　　　　D. 链接按钮

30. 在放映幻灯片时,如果需要从第 2 张切换至第 5 张,应( )。

A. 在制作时建立第 2 张转至第 5 张的超链接

B. 停止放映,双击第 5 张后再放映

C. 放映时双击第 5 张就可切换

D. 右击幻灯片,在快捷菜单中选择第 5 张

1.15 Windows 网络基本操作

【实验目的】

掌握网络配置及网络资源共享的基本方法。

【实验环境】

中文 Windows 2000,局域网。

【实验相关知识简介】

1.计算机网络的分类

通常计算机网络按规模分为 3 类:

①局域网 LAN:安装在一栋建筑或有限区域内的网络,通信线路一般不超过几十千米。

②城域网 MAN:指覆盖一个地区或城市,距离在几十千米到上百千米的网络。

③广域网 WAN:多个局域网或城域网组成的大型网络。

本实验提到的网络是指局域网。

2.查看所在机器的主机名称和网络参数

在"我的电脑"图标上单击鼠标右键,在弹出的快捷菜单中选择"属性",如图 15-1 所示,可得主机名称。

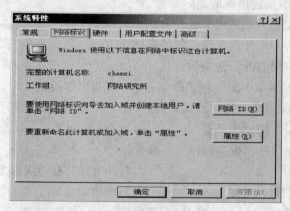

图 15-1　系统属性

单击"开始|运行",在打开的"运行"对话框中输入"CMD",如图 15-2 所示。

图 15-2　"运行"对话框

单击"确定"按钮,在打开的窗口中输入命令 ipconfig(Windows98 使用 winipcfg)。通过该命令可显示本机网卡的信息,包括 IP 地址、子网掩码以及默认网关,带上参数"/all"可以查看网卡地址,如图 15-3 所示。

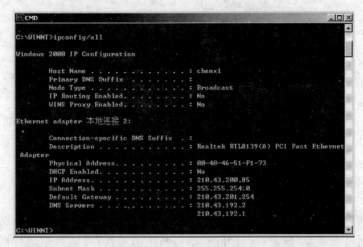

图 15-3　网络参数

3.网络组件的安装和卸载方法

单击"开始|设置|控制面板",在打开的"控制面板"窗口中双击"添加/删除程序"图标,打开如图 15-4 所示的窗口,单击"添加/删除 Windows 组件",选择相应的组件后点击"详细信息"按扭,选择需要的组件,按照提示操作即可。

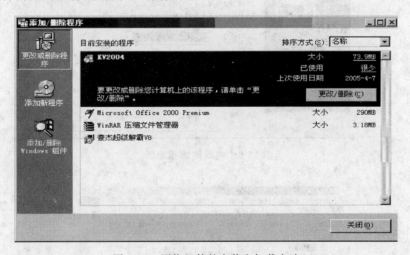

图 15-4　网络组件的安装和卸载方法

【示例】

1.设置和停止共享目录

①设置共享目录。用鼠标右键单击要设置为共享的目录,在弹出的快捷菜单中选择"共享",打开"属性"对话框,如图 15-5 所示,选中"共享该文件夹"单选按钮,即在网络上共享了这个文件夹。

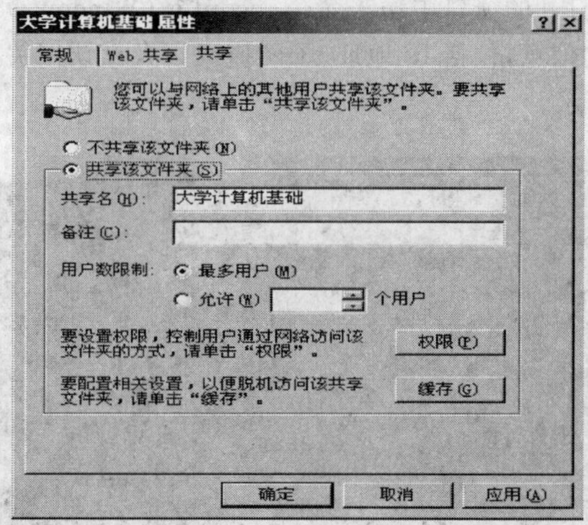

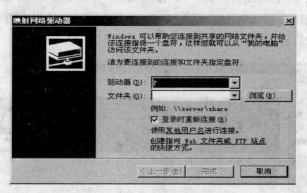

图 15-5　设置共享目录

　　②在另一台机器上建立到①所建目录的逻辑驱动器映射。打开"我的电脑",单击"工具"菜单中的"映射网络驱动器"命令,在打开的"映射网络驱动器"对话框中选择网络驱动器名称和文件夹(可以单击"浏览"按钮在网络上寻找要映射的文件夹),如图 15-6 和图 15-7 所示。再打开"我的电脑"就可以看见多出一个驱动器。网络驱动器映射可以方便地访问远程和近程的文件夹,而不必每次都浏览。

图 15-6　映射网络驱动器

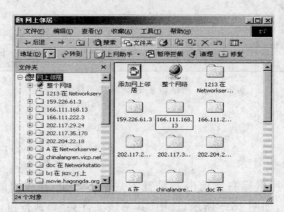

图 15-7　选择映射的网络文件夹

③使用第②步创建的逻辑驱动器将共享目录内的部分文件复制到本地硬盘上。

④删除映射逻辑驱动器。找到映射的网络驱动器,单击鼠标右键,在弹出的快捷菜单中单击"断开"命令,再单击"确定"按钮即可。

⑤取消①所建共享目录的共享属性。

2.安装网络打印机

将局域网上的打印机安装到本机上。

单击"开始|设置|控制面板",在打开的"控制面板"窗口中双击"打印机"图标,双击"添加打印机/网络打印机",单击"下一步",在网上寻找要添加的打印机,如图 15-8 所示,按照添加打印机向导一步一步执行即可。

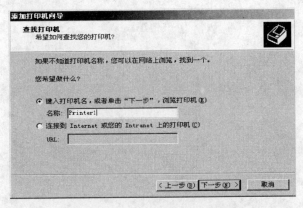

图 15-8　"添加打印机向导"对话框

【操作练习】

1.测试网络是否连通。

使用 ping 命令测试网络的连通性,参数为 IP 地址,或主机名。

2.熟悉网络组件的安装和卸载方法。

【知识巩固】

1.IP 地址的表示方法是以_____组_____到_____的数字,中间用"_____"符号隔开。

2.域名一般可分解为 3 部分:_____、机构名称及类别和地理名称。其中,对于机构类别,.com 为_____,_____为政府机关,_____为教育机构。

3.依据网络传输的距离以及覆盖的范围,可将网络划分为 _____、_____和_____。

4.按网络的拓扑结构,可将网络划分为_____、_____和_____ 3 种。

5.计算机网络按其逻辑功能,可分为(　　)。

A.资源子网和通信子网　　　　　　　　B.资源子网和数据子网

C.数据子网和局域网　　　　　　　　　D.有线网和无线网

6.网络用户对其他计算机上"共享文档"文件夹中的文件和文件夹具有(　　)权限。

A.可读　　　　　　B.可写　　　　　　C.读取　　　　　　D.不可读也不可写

7.如果要使用网络打印机完成本地打印任务,则要添加网络打印机,并在本机上添加(　　)才可以。

A.本地打印机驱动程序　　　　　　　B.网络打印机驱动程序

C.打印任务　　　　　　　　　　　　D.打印机路径

8.在名为 Guester 的计算机里,名为 Green.mp3 文件被放在 D 盘下的 Music 目录下,则该文件的路径名字应为(　　)。

A. \\Guester\D\Green.mp3　　　　　B. \\Guester\D\Music \Green.mp3

C. \\Guester\Green.mp3　　　　　　D. \\Guester\D\Music

1.16　Outlook Express 的使用

【实验目的】

(1)了解电子邮件。

(2)掌握使用 Outlook Express 收发邮件的方法。

【实验环境】

Outlook Express。

【实验相关知识简介】

1. 电子邮件基础

电子邮件(E-mail)是 Internet 最基本的服务之一,它是用电子手段提供信息交换的通信方式,可在全球范围的 Internet 上实现文本、图形、声音等信息的传递、接收和存储,将邮件发送到世界的每一个角落,不受距离和自然条件的限制。

电子邮件的地址格式是:用户名@域名,如 John@yahoo.com。

2. 使用 Outlook Express 收发邮件

(1)启动 Outlook Express

双击桌面上 Outlook Express 图标或单击"开始|程序|Outlook Express",打开"Outlook Express"窗口,如图 16-1 所示。

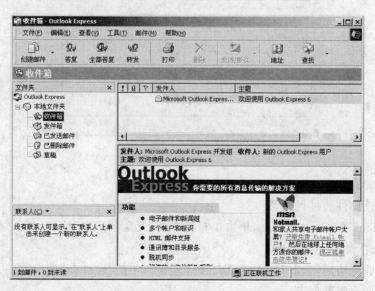

图 16-1　Outlook Express 窗口

(2)创建和发送邮件

创建和发送邮件的过程如下:

①在 Outlook Express 窗口中单击工具栏"创建邮件"按钮,打开新邮件窗口如图 16-2 所示。

图 16-2　新邮件窗口

②分别在"收件人"、"抄送"、"密件抄送"各文本框中输入相应的 E-mail 地址。若同一栏有多个 E-mail 地址,要用英文方式的分号";"隔开。

③在"主题"文本框中输入邮件的主题词或标题。

④在邮件正文编辑框中输入邮件正文。编排邮件正文时可使用相关的菜单命令选择信纸、插入图片等,也可采用 HTML 格式来编排邮件。

⑤单击新邮件窗口工具栏上的"发送"按钮,发送邮件,如图 16-3 所示。

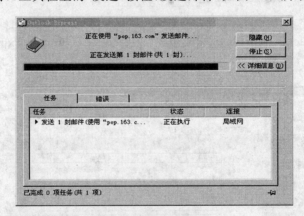

图 16-3　发送邮件窗口

(3)接收和阅读邮件

接收和阅读邮件的过程如下:

①在 Outlook Express 窗口中,单击工具栏上的"发送和接收"按钮,打开"发送和接收"窗口开始接收邮件,如图 16-4 所示。

②邮件接收完毕后,单击 Outlook Express 左窗口中的"收件箱"图标,右边上方的子窗口中出现接收的所有邮件列表。

③单击邮件列表中要阅读的邮件,则在右边下方子窗口中显示该邮件的内容。

④若在邮件列表中,某个邮件的标题前有一个回形针标记,表明该邮件含有附件文件,单击对应的邮件内容显示子窗口中的回形针标记按钮,可打开附件文件,如图 16-5 所示。

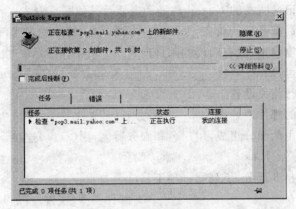

图 16-4　发送和接收窗口

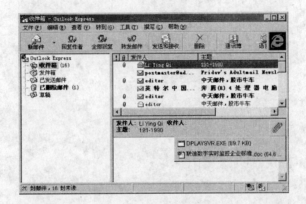

图 16-5　阅读邮件

【示例】

接收和发送邮件：

①双击桌面上 Outlook Express 图标，打开 Outlook Express 窗口。

②单击工具栏上"新邮件"按钮，打开新邮件窗口。

③在"收件人"文本框中输入"John@hotmail.com"。

④单击邮件正文编辑框，输入邮件内容"您好！邀请您下月到我公司洽谈！"。

⑤单击新邮件窗口工具栏上的"发送"按钮，发送邮件。

⑥回到 Outlook Express 窗口，单击工具栏上"接收和发送"按钮，接受邮件。

⑦接收完毕，单击"收件箱"图标。

⑧在邮件列表中单击第一封邮件进行浏览。

【操作练习】

1.使用本机的 Outlook Express 接收和发送邮件。

2.申请一个免费电子邮箱。

【知识巩固】

1.电子邮件由 3 个部分组成，_____、_____和_____。

2._____用于记录朋友的 E-mail 地址和电话及其他联系方式。

3.邮件接收进来后都是默认放在_____中,同时在"邮件列表"窗口列出所收到的邮件。

4.在"邮件列表"窗口中,没有阅读的邮件以_____字体显示。

5.设置邮件账户可选择"_____|_____"菜单命令,打开"Internet 账号"对话框,在"_____"标签中进行相关设置。

6.抄送当中不同的邮件地址用_____号分开。

7.电子邮件地址由两部分组成,用户名和服务器名,用(　　)连接。

A. &　　　　　　　　B. *　　　　　　　　C. @　　　　　　　　D. #

8.E-mail 格式包括 3 部分,下列哪一项不是(　　)。

A.邮件头　　　　　　　　　　B.邮件类型(快件/普通)

C.邮件体　　　　　　　　　　D.附件

第 2 部分　应用能力训练

2.1　文件与文件夹操作

操作 2.1.1

Windows 基本操作题,不限制操作的方式。

(1)将考生文件夹下 BOWEL 文件夹中的文件 DISH.IDX 重命名为 SPAIN.FPT。

(2)将考生文件夹下 NATURAL 文件夹中的文件 WASTE.BMP 设置为存档和隐藏属性。

(3)将考生文件夹下 GRAMS 文件夹中的文件夹 COLON 删除。

(4)将考生文件夹下 STAGNATION 文件夹中的文件 PRODUCT.DOC 复制到考生文件夹下 MOISTURE 文件夹中。

(5)在考生文件夹下 HAVEN 文件夹中新建一个文件夹 MOUNT。

(6)将考生文件夹下 SKY 文件夹中的文件 SUN.TXT 移动到考生文件夹下 UNIVER 文件夹中,并重命名为 MOON.PPT。

操作 2.1.2

(1)将考生文件夹下 GREEN 文件夹中的 TREE.TXT 文件移动到考生文件夹下 SEE 文件夹中。

(2)在考生文件夹下创建文件夹 GOOD,并设置属性为隐藏。

(3)将考生文件夹下 RIVER 文件夹中的 BOAT.BAS 文件复制到考生文件夹下 SEA 文件夹中。

(4)将考生文件夹下 THIN 文件夹中的 PAPER.THN 文件删除。

(5)为考生文件夹中 OUT 文件夹中的 PLAYPEN.EXE 文件建立名为 PLAYPEN 的快捷方式,并存放在考生文件夹中。

操作 2.1.3

(1)将考生文件夹下 BADRY 文件夹中的文件 SCHOOL.FPT 设置为存档和只读属性。

(2)将考生文件夹下 HILTON 文件夹中的文件 RORIE.BAK 删除。

(3)将考生文件夹下 JSTV 文件夹中新建一个文件夹 DONALD。

(4)将考生文件夹下 DIRECT 文件夹中的文件夹 PASTER 复制到考生文件夹下 GUMBER 文件夹中,并将文件夹命名为 SLIKE。

　　(5)将考生文件夹下 MYDOC 文件夹中的文件夹 HARDY 移动到考生文件夹下 MYPROG 文件夹中。

　　(6)将考生文件夹下 JORSFER 文件夹中的文件夹 BAND 重命名为 SNOSE。

操作 2.1.4

　　(1)将考生文件夹下 FOTUNE 文件夹中的文件 SOYABEAN.DOC 复制到同一文件夹下,并命名为 SALAD.PRG。

　　(2)在考生文件夹下 HEART 文件夹中新建一个文件夹 STICK。

　　(3)将考生文件夹下 BEEN 文件夹中的文件 STRIKE.WRI 的隐藏和只读属性撤消,并设置为存档属性。

　　(4)将考生文件夹下 LIUMIN 文件夹中的文件 PAPER.MAP 删除。

　　(5)将考生文件夹下 SWEAT 文件夹中的文件 SUGAR.FPT 重命名为 SALT.PQR。

　　(6)将考生文件夹下 GREEN 文件夹中的文件 GOLD.VUE 移动到考生文件夹下 TOPIC 文件夹中,并重命名为 SILVER.CDX。

操作 2.1.5

　　(1)将考生文件夹下 INQUER 文件夹中的文件 STEAK.GIF 移动到考生文件夹下 MOUNKY 文件夹中。

　　(2)将考生文件夹下 BUSKET 文件夹中的文件夹 CCTV 设置为存档和隐藏属性。

　　(3)将考生文件夹下 SEED 文件夹中的文件 PEDSUN.HLP 复制到考生文件夹下 WATER 文件夹中,并重命名为 HOTEL.PQR。

　　(4)将考生文件夹下 HARD 文件夹中的文件 SOFT.VUE 重命名为 WARE.FPT。

　　(5)将考生文件夹下 SEEK 文件夹中的文件 TRUST.WRI 删除。

　　(6)在考生文件夹下 GREAD 文件夹中新建一个文件夹 LINKY。

操作 2.1.6

　　(1)将考生文件夹下 PENCIL 文件夹中的 PEN 文件夹移动到考生文件夹下 BAG 文件夹中,并改名为 PENCIL。

　　(2)在考生文件夹下创建文件夹 GUN,并设置属性为只读。

　　(3)将考生文件夹下 ANSWER 文件夹中的 BASKET.ANS 文件复制到考生文件夹下 WHAT 文件夹中。

　　(4)将考生文件夹下 PLAY 文件夹中的 WATER.PLY 文件删除。

　　(5)为考生文件夹中的 WEEKDAY 文件夹中的 HARD.EXE 文件建立名为 HARD 的快捷方式,并存放在考生文件夹中。

操作 2.1.7

　　(1)将考生文件夹下 MUM\PAD 文件夹中的文件 LOOP.IBM 重命名为 EXIT.DEC。

　　(2)将考生文件夹下 PAPER 文件夹中的文件 CIRCLE.BUT 移动到考生文件夹下 GOD 文件夹中,并将该文件重命名为 JIN.WRI。

　　(3)将考生文件夹下 FEET 文件夹中的文件 TABLE.TXT 删除。

(4)将考生文件夹下 DAWN 文件夹中的文件 BEAN. PAS 设置为存档和隐藏属性。

(5)在考生文件夹下 RACE 文件夹中新建一个文件夹 BBA。

(6)将考生文件夹下 ARMS 文件夹中的文件 VERS. PAN 复制到考生文件夹下 MIN 文件夹中。

操作 2.1.8

(1)将考生文件夹下 GUN\TAR 文件夹中的文件 FEN. HEN 重命名为 CATE. PIG。

(2)在考生文件夹下 GRUP 文件夹中新建一个文件夹 SINK。

(3)将考生文件夹下 TEAM\RED 文件夹中的文件 MAN. SON 移动到考生文件夹下 FEM 文件夹中,并将该文件重命名为 WOMEN. GIR。

(4)将考生文件夹下 TJTV 文件夹中的文件 DANG. SKI 复制到考生文件夹下 DAW 文件夹中。

(5)将考生文件夹下 RUN\WALK 文件夹中的文件 SPORT. BAS 删除。

(6)将考生文件夹下 LINK 文件夹中的文件 ASM. BAK 设置为存档和隐藏属性。

操作 2.1.9

(1)在考生文件夹下 GUO 文件夹中创建名为 B3AP. TXT 的文件,并设置属性为隐藏和存档。

(2)将考生文件夹下 PQNE 文件夹中的 PHEA. FF 文件复制到考生文件夹下的 XDM 文件夹中,并将该文件命名为 AHF. NA。

(3)为考生文件夹中的 HAWEL 文件夹中的 MAW. EXE 文件建立名为 MAW 的快捷方式,并存放在考生文件夹中。

(4)将考生文件夹中 HGACYL. BAK 文件移动到考生文件夹下的 ERPO 文件夹中,并重命名为 GMICRO. DD。

(5)搜索文件夹下的 GWIN. PAS 文件,然后将其删除。

操作 2.1.10

(1)将考生文件夹下 HANRY\GIRL 文件夹中的文件 DAILY. DOC 设置为只读和存档属性。

(2)将考生文件夹下 SMITH 文件夹中的文件 SON. BOK 移动到考生文件夹下 JOHN 文件夹中,并将该文件改名为 MATH. DOC。

(3)将考生文件夹下 CASH 文件夹中的文件 MONEY. WRI 删除。

(4)将考生文件夹下 LANDY 文件夹中的文件 GRAND. BAK 更名为 FATH. WPS。

(5)在考生文件夹下 BABY 文件夹中建立一个新文件夹 PRICE。

(6)将考生文件夹下 PHONE 文件夹中的文件 COMM. ADR 复制到考生文件夹下 FAX 文件夹中。

2.2　Word 排版操作

操作 2.2.1

1. 样文（见样图 1）

样图 1

2. 要求

①设置标题格式为艺术字，式样为艺术字库中的第 2 行第 5 列，楷体、加粗、44 磅，环绕方式为紧密型，置于正文右侧竖排。

②正文为宋体五号字，首行缩进 2 个字符。前 2 段正文首字加样文所示的圈。

③设置最后一段行间距为 24 磅，右缩进 6 个字符。

④将正文中所有的"巫马子"设为粗体、粉红色，字的位置提升 3 磅。

⑤在正文第 1 段后加自选图形"笑脸"，图片高、宽均为 0.8cm，线条为红色，粗 1 磅。

⑥在文档最后插入如样图 1 所示的自选图形，并将所有的图形组合，填充颜色为蓝灰色。

操作 2.2.2

1. 样文（见样图 2）

2. 要求

①将标题设置为艺术字，样式为艺术字库中的第 5 行第 4 列；设置文字围绕为：上下型环绕；对齐方式设置为居中。

②将正文字体设为楷体 5 号字，"词霸"二字加着重号。

③将正文第 2、第 4、第 6、第 8 段设置连续项目符号，并将字体加粗，段前间距 0.5 行；大纲级别为 1 级。

金山词霸 2004简介

《金山词霸 2004》仍保留其屏幕取词、词典查询等实用的功能，同时还有许多方便用户的内容：包括网络搜索单词、缘改词霸界面、主词本、界面语言的选择、查词词霸和职词典和词典库的设置、每日一贴、功能设置、迷你背单词、全文检索、金山短信等多项内容。分别介绍如下：

1. 内容更权威

新增全国科学技术名词审定委员会（简称名词委）审定发布的所有科技词书，共计49部。

2. 全文检索

能在短时间内在词霸的所有数据里（包括单词的解释、例句等）检索到指定的单词或者短语。

3. 附录内容

附录内容更加丰富，包括学习、教育、娱乐、生活、工作、常识、文化等多方面的资源信息，检索方便易于使用。

4. 网络搜索

可以通过它来搜索任何你想查找的信息。其中我们预设了几个著名的搜索引擎，你可以直接该问任何一个你选择的引擎。

课				程		表
时间	星期	一	二	三	四	五
上午	1	大学计算机基础	口语	哲学		高数
	2					
	3		高数（阜）		听力	
	4					
下午	5	英语	体育	上机		哲学
	6					
	7				高数	
	8					

样图 2

④将正文设为两栏格式。

⑤将正文第 1 段设置灰度 10％的底纹。

⑥插入一个如样图 2 所示的课程表。表格第 1 行添加金色底纹；首行插入一张本校校徽图，图片缩放到大小适中。

操作 2.2.3

1. 样文（见样图 3）

绿色旋律

——树叶音乐

树叶，是大自然赋予人类的天然绿色乐器。吹树叶的音乐形式，在我国有悠久的历史。早在一千多年前，唐代杜佑的《通典》中就有"衔叶而啸，其声清震"的记载；大诗人白居易也有诗云：

"苏家小女旧知名，杨柳样，卷叶吹为玉笛声"；可见行，树叶这种最简单的乐器，明快、情绪欢乐的曲调，也可曲。它的音色柔美细腻，好似人声的歌唱，恰，富有独特情趣。

风前别有情，剥条盘作银环那时候树叶音乐就已相当流通过各种技巧，可以吹出节奏吹出清亮悠扬、深情婉转的歌，那变化多端的动听旋律，使人心旷神

吹树叶一般采用的叶子，以不老不嫩为佳。太嫩的叶子软，不易发音；老的叶子硬，音色不柔美。叶片也不应过大或过小，要保持一定的温度和韧性，太干易折，太湿易烂。它的演奏是靠运用适当的气流吹动叶片，使之振动发音。

吹奏时，将叶片夹在唇间，用气吹动叶片的下半部，使其颤动，以气息的控制和口形的变化来掌握音准和音色，能吹出两个八度音程。叶子是簧片，口腔像个共鸣箱。

用树叶什奏的抒情歌曲，于淳朴自然中透着清新之气，意境优美，别有风情。

$$\int \frac{x_1^2 + x_2^2}{\sqrt{x+y}} \qquad H_2SO_4 + BaCl_2 \longrightarrow 2HCl + BaSO_4$$

样图 3

2.要求

①页面设置,纸张大小自定义,宽 21cm,高 29cm;页边距左、右均为 2cm,上、下均为 2.5cm;页面边框加绿色线条。

②插入一张剪贴画到样图 3 所示位置,调整大小到适中;四周型环绕方式。

③标题设为艺术字,式样为艺术字库中的第 3 行第 5 列,艺术字背景为文本框,黄色填充,内有黑色宋体字"——树叶音乐"。

④将正文设为小四号宋体,首行缩进 2 字符;第 1 段字间距加宽 3 磅,第 2 段文字绿色底纹;第 3 段对第 1 行的 9 个字设为小初、加删除线、缩放设为 50%,第 3 行的 5 个字设为加粗、缩放 200%,第 4 行 6 个字提升 10 磅、5 个字降低 10 磅,第 5 行 4 个字加着重号;最后一段左右各 2 字符、段落加框。

⑤用公式编辑器输入最后一行的数学公式。化学方程式中有横线、箭头、下标。

2.3　Excel 表格操作

操作 2.3.1

按照样表 1 的内容建立一张工作表,并作如下操作:

①将表中各字段名字体设为黑体、四号。

②用公式复制的方法分别求出每个学生的总分和平均分,结果置于各行之后;其中平均分精确到小数点后一位,并将两列数据加粗显示。

③将全部数据复制到 sheet2 工作表,并筛选出姓王,并且性别为女的同学。

④在 sheet1 工作表中,按性别对 3 门课程分进行分类汇总,分类字段为"性别",汇总方式为"平均值"。

⑤设置列宽 10,行高 15,对齐方式为水平居中,垂直居中。

⑥表格外框线设置为双实线。

样表 1

学号	姓名	性别	课程一	课程二	课程三
1	王春兰	女	80	77	65
2	王晓兰	女	67	86	90
4	李平	女	79	76	85
9	陈桂芳	女	90	86	76
10	周恩恩	女	87	82	76
12	薛婷婷	女	69	78	65
14	程维纳	女	79	89	69
16	杨芳	女	93	91	88
20	庄小丽	女	81	59	75
5	王刚强	男	98	93	88

续表

学号	姓名	性别	课程一	课程二	课程三
6	程国宝	男	71	75	84
11	黄大力	男	77	83	70
15	张扬	男	84	90	79

操作 2.3.2

建立文件"工资.XLS",在 sheet1 中的 A:G 列输入样表 2 的内容,然后将 sheet1 的内容复制到 sheet2 中,并作如下操作:

①在列 E 后插入"补贴"和"应发工资"两列,其中助教的补贴 50,讲师的 70,副教授的 90,教授的 110。

②用公式复制的方法求出所有人的应发工资、实发工资,其中应发工资等于基本工资加上补贴;实发工资等于应发工资减去水电费,实发工资前加"￥"货币符号。

③按基本工资进行升序排序。

④分类汇总统计男、女职工的平均基本工资。

⑤筛选出水电费超过 70 元的男职工记录。

样表 2

编号	姓名	性别	职称	基本工资	水电费	实发工资
A01	洪国武	男		1034.7	45.6	
B02	张军宏	男	讲师	1478.7	56.6	
A03	刘德明	男	讲师	1310.2	120.3	
C04	刘乐宏	女	助教	1179.1	62.3	
B05	洪国林	男	教授	1621.3	67	
C06	王小乐	女	助教	1125.7	36.7	
C07	张红艳	女	副教授	1529.3	96.2	
A08	张武学	男		1034.7	15	
A09	刘冷静	男	讲师	1310.2	120.3	
B10	陈红	女	助教	1179.1	62.3	
C11	吴大林	男	教授	1621.3	67	
C12	张乐意	男	助教	1125.7	36.7	
A13	邱红霞	女	副教授	1529.3	93.2	

操作 2.3.3

按照样表 3 内容建立一张工作表,并作如下操作:

①1~2 行及列 A 中字体设为楷体 14 号,底纹灰色(25%),所有单元格文字居中对齐。表中所有数字设置为带千位分隔符。

②在工作表中建立折线图（见样图4），子类型为数据点折线图，横坐标为季度，纵坐标为产量，在纵坐标上添加单位"吨"。

③设置属性。其中图例为无边框，位置靠上，楷体8磅；折线图的标题为楷体11磅；坐标格式为楷体10磅，刻度线类型为"交叉"。清除图中的网格线、背景颜色和边框。

④设置各车间的曲线的线形和颜色。其中：工字钢车间曲线用蓝色，数据标记用方块，前景用白色，背景用蓝色，大小为4磅；螺纹钢车间曲线用绿色，数据标记用三角形，前景用白色，背景用绿色，大小为4磅；钢管车间曲线用红色，数据标记用菱形，前景用白色，背景用红色，大小为4磅。

样表3

2007 年钢材产量统计表（吨）				
	一季度	二季度	三季度	四季度
工字钢	1250	1580	1910	2240
螺纹钢	980	1890	2200	2710
钢管	1570	1520	1630	1780

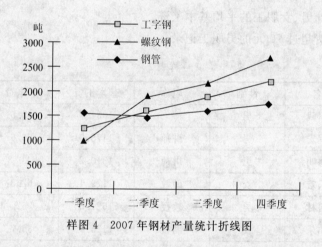

样图4　2007年钢材产量统计折线图

2.4　PowerPoint 幻灯片操作

制作介绍鲁迅的5张内容连贯的幻灯片，要求如下：

①第1张：（见样图5）采用"标题幻灯片"版式；标题"奋斗的一生"用艺术字，以"从屏幕中心放大"的动画方式出现；右下方显示"XX 制作"（XX 为你的姓名）；自动播放背景音乐，直到幻灯片放映到第3张时停止（背景 MP3 格式音乐自行下载）。

②第2张：采用"标题与文本"版式；在标题框中输入"目录"二字，放大到适中；在文本框内输入3行目录内容文字，第1行"鲁迅简介"超级链接到第3张幻灯片，第2行"鲁迅作品"超级链接到第4张幻灯片，第3行输入"结束"二字，并超级链接到第五张（即最后一张）幻灯片。

③第3张：（见样图5）采用"标题、剪贴画与文本"版式；加入适当的文字、鲁迅照片，照片以"玩具风车"动画形式进入，标题和文本可自行采用不同的动画形式。

④第 4 张：采用"空白"版式；插入一对象，该对象内容为鲁迅的某作品中的一段内容，可以是文字、声音或视频。

⑤第 5 张：以动画方式出现"谢谢你的观看！"，并自动播放一段欢快的音乐。

⑥所有幻灯片采用"随机"切换方式，并应用某一种设计模板。

第1张幻灯片

第3张幻灯片

样图 5　介绍鲁迅的幻灯片

2.5　网络操作

①查看你所操作的电脑的网络属性

右键单击桌面上的网上邻居－属性－右键单击本地连接－属性，记录网卡型号，IP 地址，子网掩码，默认网关，首选 DNS 服务器。

②IE 的使用

浏览新浪网站；

查找"太平洋电脑网"并浏览首页，保存首页到 D:\中；

收藏该网站，将该网站设置为主页。

③文件下载

搜索软件 Windows 优化大师并下载；

搜索 Windows 桌面图片并下载，将其中之一设置为桌面图片；

搜索热带鱼屏保程序并下载安装。

④资料查找

搜索近 3 年来中国移动手机用户数；

搜索近 3 年来中国大学毕业生人数。

⑤建立一名为"网络操作.doc"的 word 文档，制作如下表格，将搜索结果填入，保存，以附件形式将该文档发送给任课教师。

学号＋姓名＋邮箱地址	
网卡型号	
IP 地址	
子网掩码	
默认网关	
首选 DNS 服务器	
2005 年中国移动手机用户数	
2006 年中国移动手机用户数	
2007 年中国移动手机用户数	
2005 年中国大学毕业生人数	
2006 年中国大学毕业生人数	
2007 年中国大学毕业生人数	

第3部分 全国计算机等级考试

3.1 一级 MS Office(Windows 环境)考试大纲

基本要求

1. 具有使用微型计算机的基础知识(包括计算机病毒的防治常识)。
2. 了解微型计算机系统的组成和各组成部分的功能。
3. 了解操作系统的基本功能和作用,掌握 Windows 的基本操作和应用。
4. 了解文字处理的基本知识,掌握文字处理软件"MS Word"的基本操作和应用,熟练掌握一种汉字(键盘)输入方法。
5. 了解电子表格软件的基本知识,掌握电子表格软件"Excel"的基本操作和应用。
6. 了解多媒体演示软件的基本知识,掌握演示文稿制作软件"PowerPoint"的基本操作和应用。
7. 了解计算机网络的基本概念和因特网(Internet)的初步知识,掌握 IE 浏览器软件和"Outlook Express"软件的基本操作和使用。

考试内容

(一)基础知识

1. 计算机的概念、类型及其应用领域;计算机系统的配置及主要技术指标。
2. 计算机中数据的表示:二进制的概念,整数的二进制表示,西文字符的 ASCII 码表示,汉字及其编码(国标码),数据的存储单位(位、字节、字)。
3. 计算机病毒的概念和病毒的防治。
4. 计算机硬件系统的组成和功能:CPU、存储器(ROM、RAM)以及常用输入输出设备的功能。
5. 计算机软件系统的组成和功能:系统软件和应用软件,程序设计语言(机器语言、汇编语言、高级语言)的概念。

(二)操作系统的功能和使用

1. 操作系统的基本概念、功能、组成和分类。
2. Windows 操作系统的基本概念和常用术语,文件、文件名、目录(文件夹)、目录(文件夹)树和路径等。
3. Windows 操作系统的基本操作和应用:

(1)Windows 概述、特点和功能、配置和运行环境。

（2）Windows"开始"按钮、"任务栏"、"菜单"、"图标"等的使用。

（3）应用程序的运行和退出。

（4）熟练掌握资源管理系统"我的电脑"和"资源管理器"的操作与应用。文件和文件夹的创建、移动、复制、删除、更名、查找、打印和属性设置。

（5）软盘的格式化和整盘复制，磁盘属性的查看等操作。

（6）中文输入法的安装、删除和选用；显示器的设置。

（7）快捷方式的设置和使用。

（三）文字处理软件的功能和使用

1.文字处理软件的基本概念，中文 Word 的基本功能、运行环境、启动和退出。

2.文档的创建、打开和基本编辑操作，文本的查找与替换，多窗口和多文档的编辑。

3.文档的保存、保护、复制、删除和插入。

4.字体格式设置、段落格式设置和文档的页面设置等基本的排版操作。打印预览和打印。

5.Word 的对象操作：对象的概念及种类，图形、图像对象的编辑，文本框的使用。

6.Word 的表格制作功能：表格的创建与修饰，表格中数据的输入与编辑，数据的排序和计算。

（四）电子表格软件的功能和使用

1.电子表格的基本概念，中文 Excel 的功能、运行环境、启动和退出。

2.工作簿和工作表的基本概念，工作表的创建、数据输入、编辑和排版。

3.工作表的插入、复制、移动、更名、保存和保护等基本操作。

4.单元格的绝对地址和相对地址的概念，工作表中公式的输入与常用函数的使用。

5.数据清单的概念，记录单的使用、记录的排序、筛选、查找和分类汇总。

6.图表的创建和格式设置。

7.工作表的页面设置、打印预览和打印。

（五）电子演示文稿制作软件的功能和使用

1.中文 PowerPoint 的功能、运行环境、启动和退出。

2.演示文稿的创建、打开和保存。

3.演示文稿视图的使用，幻灯片的制作、文字编排、图片和图表插入及模板的选用。

4.幻灯片的插入和删除、演示顺序的改变，幻灯片格式的设置，幻灯片放映效果的设置，多媒体对象的插入，演示文稿的打包和打印。

（六）因特网（Internet）的初步知识和应用

1.计算机网络的概念和分类。

2.因特网的基本概念和接入方式。

3.因特网的简单应用：拨号连接、浏览器（IE6.0）的使用，电子邮件的收发和搜索引擎的使用。

考试方式

（一）采用无纸化考试，上机操作。考试时间：90 分钟。

（二）软件环境：操作系统：Windows2000；办公软件：Microsoft Office 2000。

（三）指定时间内，使用微机完成下列各项操作：

1.选择题（计算机基础知识和计算机网络的基本知识）。（20 分）

2. 汉字录入能力测试(录入 150 个汉字,限时 10 分钟)。(10 分)

3. Windows 操作系统的使用。(10 分)

4. Word 操作。(25 分)

5. Excel 操作。(15 分)

6. PowerPoint 操作。(10 分)

7. 浏览器(IE6.0)的简单使用和电子邮件收发。(10 分)

3.2　选择题

第 1 套

(1)微型计算机按照结构可以分为_____。

A. 单片机、单板机、多芯片机、多板机

B. 286 机、386 机、486 机、Pentium 机

C. 8 位机、16 位机、32 位机、64 位机

D. 以上都不是

【答案】A

【解析】注意,这里考核的是微型计算机的分类方法。微型计算机按照字长可以分为 8 位机、16 位机、32 位机、64 位机;按照结构可以分为单片机、单板机、多芯片机、多板机;按照 CPU 芯片可以分为 286 机、386 机、486 机、Pentium 机。

(2)计算机在现代教育中的主要应用有计算机辅助教学、计算机模拟、多媒体教室和_____。

A. 网上教学和电子大学　　　　　　　B. 家庭娱乐

C. 电子试卷　　　　　　　　　　　　D. 以上都不是

【答案】A

【解析】计算机在现代教育中的主要应用就是计算机辅助教学、计算机模拟、多媒体教室以及网上教学、电子大学。

(3)与十六进制数 26CE 等值的二进制数是_____。

A. 011100110110010　　　　　　　B. 0010011011011110

C. 10011011001110　　　　　　　　D. 1100111000100110

【答案】C

【解析】十六进制转换成二进制的过程和二进制数转换成十六进制数的过程相反,即将每一位十六进制数代之与其等值的 4 位二进制数即可。

(4)下列 4 种不同数制表示的数中,数值最小的一个是_____。

A. 八进制数 52　　　　　　　　　　B. 十进制数 44

C. 十六进制数 2B　　　　　　　　　D. 二进制数 101001

【答案】D

【解析】解答这类问题,一般都是将这些非十进制数转换成十进制数,才能进行统一地对比。非十进制转换成十进制的方法是按权展开。

(5)十六进制数 2BA 对应的十进制数是_____。

A. 698　　　　　　B. 754　　　　　　C. 534　　　　　　D. 1243

【答案】D

【解析】十六进制数转换成十进制数的方法和二进制一样，都是按权展开。2BAH＝698D。

(6)某汉字的区位码是3721，它的国际码是_____。

A. 5445H　　　　　B. 4535H　　　　　C. 6554H　　　　　D. 3555H

【答案】B

【解析】国际码＝区位码＋2020H。即将区位码的十进制区号和位号分别转换成十六进制数，然后分别加上20H，就成了汉字的国际码。

(7)存储一个国际码需要几个字节？

A. 1　　　　　　　B. 2　　　　　　　C. 3　　　　　　　D. 4

【答案】B

【解析】由于一个字节只能表示256种编码，显然一个字节不能表示汉字的国际码，所以一个国际码必须用两个字节表示。

(8)ASCII码其实就是_____。

A. 美国标准信息交换码　　　　　　　B. 国际标准信息交换码

C. 欧洲标准信息交换码　　　　　　　D. 以上都不是

【答案】A

【解析】ASCII码是美国标准信息交换码，被国际标准化组织指定为国际标准。

(9)以下属于高级语言的有_____。

A. 机器语言　　　B. C语言　　　　C. 汇编语言　　　D. 以上都是

【答案】B

【解析】机器语言和汇编语言都是"低级"的语言，而高级语言是一种用表达各种意义的"词"和"数学公式"按照一定的语法规则编写程序的语言，其中比较具有代表性的语言有FORTRAN，C，C＋＋等。

(10)以下关于汇编语言的描述中，错误的是_____。

A. 汇编语言诞生于20世纪50年代初期

B. 汇编语言不再使用难以记忆的二进制代码

C. 汇编语言使用的是助记符号

D. 汇编程序是一种不再依赖于机器的语言

【答案】D

【解析】汇编语言虽然在编写、修改和阅读程序等方面有了相当的改进，但仍然与人们的要求有一定的距离，仍然是一种依赖于机器的语言。

(11)下列不属于系统软件的是_____。

A. UNIX　　　　B. QBASIC　　　C. Excel　　　　D. FoxPro

【答案】C

【解析】Excel属于应用软件中的一类通用软件。

(12)Pentium Ⅲ500是Intel公司生产的一种CPU芯片。其中的"500"指的是该芯片的_____。

A. 内存容量为500MB　　　　　　　B. 主频为500MHz

C. 字长为 500 位　　　　　　　　　　　D. 型号为 80500

【答案】B

【解析】500 是指 CPU 的时钟频率,即主频。

(13)一台计算机的基本配置包括_____。

A. 主机、键盘和显示器　　　　　　　　B. 计算机与外部设备

C. 硬件系统和软件系统　　　　　　　　D. 系统软件与应用软件

【答案】C

【解析】计算机总体而言是由硬件和软件系统组成的。

(14)把计算机与通信介质相连并实现局域网络通信协议的关键设备是_____。

A. 串行输入口　　　B. 多功能卡　　　C. 电话线　　　　D. 网卡(网络适配器)

【答案】D

【解析】实现局域网通信的关键设备即网卡。

(15)下列几种存储器中,存取周期最短的是_____。

A. 内存储器　　　　B. 光盘存储器　　　C. 硬盘存储器　　　D. 软盘存储器

【答案】A

【解析】内存是计算机写入和读取数据的中转站,它的速度是最快的。

(16)CPU、存储器、I/O 设备是通过什么连接起来的?

A. 接口　　　　　　B. 总线　　　　　　C. 系统文件　　　　D. 控制线

【答案】B

【解析】总线(Bus)是系统部件之间连接的通道。

(17)CPU 能够直接访问的存储器是_____。

A. 软盘　　　　　　B. 硬盘　　　　　　C. RAM　　　　　　D. C−ROM

【答案】C

【解析】CPU 读取和写入数据都是通过内存来完成的。

(18)以下有关计算机病毒的描述,不正确的是_____。

A. 是特殊的计算机部件　　　　　　　　B. 传播速度快

C. 是人为编制的特殊程序　　　　　　　D. 危害大

【答案】A

【解析】计算机病毒实际是一种特殊的计算机程序。

(19)下列关于计算机的叙述中,不正确的一条是_____。

A. 计算机由硬件和软件组成,两者缺一不可

B. MS Word 可以绘制表格,所以也是一种电子表格软件

C. 只有机器语言才能被计算机直接执行

D. 臭名昭著的 CIH 病毒是在 4 月 26 日发作的

【答案】B

【解析】MS Word 可以绘制表格,但主要的功能是进行文字的处理,缺乏专业计算、统计、造表等电子表格功能,所以说它是一种文字处理软件。

(20)下列关于计算机的叙述中,正确的一条是_____。

A. 系统软件是由一组控制计算机系统并管理其资源的程序组成

B. 有的计算机中,显示器可以不与显示卡匹配

C. 软盘分为 5.25 和 3.25 英寸两种

D. 磁盘就是磁盘存储器

【答案】A

【解析】显示器必须和显示卡匹配;软盘分为 5.25 和 3.5 英寸两种;磁盘存储器包括磁盘驱动器、磁盘控制器和磁盘片 3 个部分。

第 2 套

(1)第 1 代电子计算机使用的电子元件是_____。

A. 晶体管 　　　　　　　　　　　　　B. 电子管

C. 中、小规模集成电路　　　　　　　　D. 大规模和超大规模集成电路

【答案】B

【解析】第 1 代计算机是电子管计算机,第二代计算机是晶体管计算机,第 3 代计算机主要元件是采用小规模集成电路和中规模集成电路,第 4 代计算机主要元件是采用大规模集成电路和超大规模集成电路。

(2)计算机的主机由哪些部件组成?

A. CPU、外存储器、外部设备　　　　　B. CPU 和内存储器

C. CPU 和存储器系统　　　　　　　　 D. 主机箱、键盘、显示器

【答案】B

【解析】计算机的主机是由 CPU 和内存储器组成,存储器系统包括内存和外存,而外存属于输入输出部分,所以它不属于主机的组成部分。

(3)十进制数 2344 用二进制数表示是_____。

A. 11100110101 　　B. 100100101000 　　C. 1100011111 　　D. 110101010101

【答案】B

【解析】十进制向二进制的转换采用"除二取余"法。

(4)十六进制数 B34B 对应的十进制数是_____。

A. 45569 　　　　B. 45899 　　　　　C. 34455 　　　　　D. 56777

【答案】B

【解析】二进制数转换成十进制数的方法是按权展开。

(5)二进制数 101100101001 转换成十六进制数是_____。

A. 33488 　　　　B. 2857 　　　　　C. 44894 　　　　　D. 23455

【答案】B

【解析】二进制整数转换成十六进制整数的方法是:从个位数开始向左按每 4 位二进制数一组划分,不足 4 位的前面补 0,然后各组代之以一位十六进制数字即可。

(6)二进制数 1110001010 转换成十六进制数是_____。

A. 34E 　　　　　B. 38A 　　　　　C. E45 　　　　　　D. DF5

【答案】B

【解析】二进制整数转换成十六进制整数的方法是:从个位数开始向左按每 4 位二进制数一组划分,不足 4 位的前面补 0,然后各组代之以一位十六进制数字即可。

(7)二进制数 4566 对应的十进制数是_____。

A. 56 　　　　　　B. 89 　　　　　　C. 34 　　　　　　D. 70

【答案】D

【解析】二进制数转换成十进制数的方法是按权展开。

(8)一种计算机所能识别并能运行的全部指令的集合,称为该种计算机的_____。

A.程序　　　　　B.二进制代码　　　　　C.软件　　　　　D.指令系统

【答案】D

【解析】程序是计算机完成某一任务的一系列有序指令,软件所包含的有:系统软件和应用软件。若用程序与软件的关系打一个比喻,可表示为软件＝程序＋数据,不同类型机器其指令系统不一样,一台机器内的所有指令的集合称为该机器的指令系统。

(9)计算机内部用几个字节存放一个 7 位 ASCII 码?

A.1　　　　　B.2　　　　　C.3　　　　　D.4

【答案】A

【解析】ASCII 码共有 128 个字符,每一个字符对应一个数值,称为该字符的 ASCII 码值。计算机内部用一个字节(8 位二进制位)存放一个 7 位 ASCII 码值。

(10)下列字符中,其 ASCII 码值最大的是_____。

A.5　　　　　B.W　　　　　C.K　　　　　D.x

【答案】D

【解析】字符对应数字的关系是"小写字母比大写字母对应数大,字母中越往后越大"。推算得知 x 应该是最大。

(11)用汇编语言或高级语言编写的程序称为_____。

A.用户程序　　　B.源程序　　　C.系统程序　　　D.汇编程序

【答案】B

【解析】用汇编语言或高级语言编写的程序叫做源程序,CPU 不能执行它,必须翻译成对应的目标程序才行。

(12)下列诸因素中,对微型计算机工作影响最小的是_____。

A.尘土　　　　　B.噪声　　　　　C.温度　　　　　D.湿度

【答案】B

【解析】尘土、湿度和温度都会直接影响计算机,但噪声不会直接对计算机产生影响。

(13)486 微机的字长是_____。

A.8 位　　　　　B.16 位　　　　　C.32 位　　　　　D.64 位

【答案】C

【解析】Intel 486 和 Pentium II 机均属于 32 位机。

(14)下列 4 条叙述中,正确的一条是_____。

A.R 进制数相邻的两位数相差 R 倍

B.所有十进制小数都能准确地转换为有限的二进制小数

C.存储器中存储的信息即使断电也不会丢失

D.汉字的机内码就是汉字的输入码

【答案】A

【解析】不是所有的小数都能转换成有限的二进制小数;RAM 中的信息一断电就会丢失;输入码是外码。

(15)下列哪个只能当作输入单元?

A.扫描仪　　　　B.打印机　　　　C.读卡机　　　　D.磁带机

【答案】A

【解析】打印机是输出设备;读卡机和磁带机即可输入,也可输出;扫描仪是一种常用的输入设备。

(16)所谓计算机病毒是指_____。

A. 能够破坏计算机各种资源的小程序或操作命令

B. 特制的破坏计算机内信息且自我复制的程序

C. 计算机内存放的、被破坏的程序

D. 能感染计算机操作者的生物病毒

【答案】A

【解析】计算机病毒是"能够侵入计算机系统的、并给计算机系统带来故障的一种具有自我繁殖能力的特殊程序"。

(17)下列等式中正确的是_____。

A. 1KB＝1024×1024B　　　　　　　　B. 1MB＝1024B

C. 1KB＝1024MB　　　　　　　　　　D. 1MB＝1024×1024B

【答案】D

【解析】1MB＝1024KB＝1024×1024B。

(18)鼠标是微机的一种_____。

A. 输出设备　　　　B. 输入设备　　　　C. 存储设备　　　　D. 运算设备

【答案】B

【解析】鼠标是一种最常用的输入设备。

(19)汉字"中"的十六进制的机内码是 D6D0H,那么它的国标码是_____。

A. 5650H　　　　B. 4640H　　　　C. 5750H　　　　D. C750H

【答案】A

【解析】汉字的机内码＝汉字的国际码＋8080H。

(20)下列叙述中哪一条是正确的?

A. 反病毒软件通常滞后于计算机病毒的出现

B. 反病毒软件总是超前于计算机病毒的出现,它可以查、杀任何种类的病毒

C. 已感染过计算机病毒的计算机具有对该病毒的免疫性

D. 计算机病毒会危害计算机以后的健康

【答案】A

【解析】用杀毒软件杀毒就是用软件来制约软件,既然是软件就不可能做到100%的完美,不可能发现、清除所有病毒。

第 3 套

(1)世界上第一台计算机的名称是_____。

A. ENIAC　　　　B. APPLE　　　　C. UNIVAC-I　　　　D. IBM-7000

【答案】A

【解析】世界上第一台计算机名字叫 Electronic Numerical Integrator And Calculator,中文名为电子数字积分计算机,英文缩写为 ENIAC。

(2)CAM 表示为_____。

A. 计算机辅助设计　　　　　　　　　　B. 计算机辅助制造

C. 计算机辅助教学　　　　　　　　　　D. 计算机辅助模拟

【答案】B

【解析】"计算机辅助设计"英文名为 Computer Aided Design,简称为 CAD;"计算机辅助制造"英文名为 Computer Aided Manufacturing,简称为 CAM。

(3)与十进制数 1023 等值的十六进制数为_____。

A. 3FDH　　　　　　B. 3FFH　　　　　　C. 2FDH　　　　　　D. 3FFH

【答案】B

【解析】十进制转成十六进制的方法是"除十六取余"。

(4)十进制整数 100 转换为二进制数是_____。

A. 1100100　　　　B. 1101000　　　　C. 1100010　　　　D. 1110100

【答案】A

【解析】通过"除二取余"法可以转成二进制数:100D=1100100B。

(5)16 个二进制位可表示整数的范围是_____。

A. 0～65535　　　　　　　　　　　B. −32768～32767

C. −32768～32768　　　　　　　　D. −32768～32767 或 0～65535

【答案】D

【解析】16 个二进制数转换成十进制数,最大的范围即 0～65535 和 −32768～32767。

(6)存储 400 个 24×24 点阵汉字字形所需的存储容量是_____。

A. 255KB　　　　　B. 75KB　　　　　C. 37.5KB　　　　D. 28.125KB

【答案】D

【解析】400 个 24×24 点阵共需 2400 个点,8 个二进制位组成一个字节,共有 28.125KB。

(7)下列字符中,其 ASCII 码值最大的是_____。

A. 9　　　　　　　B. D　　　　　　　C. a　　　　　　　D. y

【答案】D

【解析】字符对应数值的关系是"小写字母比大写字母对应数大,字母中越往后越大"。推算得知 y 应该是最大。

(8)某汉字的机内码是 B0A1H,它的国际码是_____。

A. 3121H　　　　　B. 3021H　　　　　C. 2131H　　　　　D. 2130H

【答案】B

【解析】汉字机内码＝国际码＋8080H,注意汉字的机内码、国际码、区位码之间的换算关系不要混淆。

(9)操作系统的功能是_____。

A. 将源程序编译成目标程序

B. 负责诊断机器的故障

C. 控制和管理计算机系统的各种硬件和软件资源的使用

D. 负责外设与主机之间的信息交换

【答案】C

【解析】操作系统是管理控制和监督计算机各种资源协调运行的。

(10)《计算机软件保护条例》中所称的计算机软件(简称软件)是指_____。

A. 计算机程序　　　　　　　　　　B. 源程序和目标程序

C. 源程序   D. 计算机程序及其有关文档

【答案】D

【解析】所谓软件是指为方便使用计算机和提高使用效率而组织的程序以及用于程序开发、使用、维护的有关文档。

(11)下列关于系统软件的 4 条叙述中,正确的一条是_____。

A. 系统软件的核心是操作系统

B. 系统软件是与具体硬件逻辑功能无关的软件

C. 系统软件是使用应用软件开发的软件

D. 系统软件并不具体提供人机界面

【答案】A

【解析】计算机由硬件系统和软件系统组成,而软件系统又包括系统软件和应用软件。系统软件有操作系统和语言处理系统。

(12)以下不属于系统软件的是_____。

A. DOS   B. Windows 3.2   C. Windows 98   D. Excel

【答案】D

【解析】前 3 项都是操作系统软件,Excel 是应用软件。

(13)"针对不同专业用户的需要所编制的大量的应用程序,进而把它们逐步实现标准化模块化所形成的解决各种典型问题的应用程序的组合"描述的是_____。

A. 软件包   B. 软件集   C. 系列软件   D. 以上都不是

【答案】A

【解析】所谓软件包(Package),就是针对不同专业用户的需要所编制的大量的应用程序,进而把它们逐步实现标准化、模块化所形成的解决各种典型问题的应用程序的组合,例如图形软件包、会计软件包等。

(14)下面列出的 4 种存储器中,易失性存储器是_____。

A. RAM   B. ROM   C. FROM   D. CD-ROM

【答案】A

【解析】RAM 有两个特点:写入时原来的数据会被冲掉;加电时信息完好,一旦断电信息就会消失。

(15)计算机中对数据进行加工与处理的部件,通常称为_____。

A. 运算器   B. 控制器   C. 显示器   D. 存储器

【答案】A

【解析】运算器是计算机处理数据形成信息的加工厂,主要功能是对二进制数码进行算术运算或逻辑运算。

(16)下列 4 种设备中,属于计算机输入设备的是_____。

A. UPS   B. 服务器   C. 绘图仪   D. 光笔

【答案】D

【解析】光笔是一种手写输入设备,使汉字输入变得更为方便、容易。

(17)一张软磁盘上存储的内容,在该盘处于什么情况时,其中数据可能丢失?

A. 放置在声音嘈杂的环境中若干天后

B. 携带通过海关的 X 射线监视仪后

C. 被携带到强磁场附近后

D. 与大量磁盘堆放在一起后

【答案】C

【解析】磁盘是在金属或塑料片上涂一层磁性材料制成的,由于强大磁场的影响,可能会改变磁盘中的磁性结构。

(18)以下关于病毒的描述中,不正确的说法是_____。

A. 对于病毒,最好的方法是采取"预防为主"的方针

B. 杀毒软件可以抵御或清除所有病毒

C. 恶意传播计算机病毒可能会是犯罪

D. 计算机病毒都是人为制造的

【答案】B

【解析】任何一种杀毒软件都不可能抵御或清除所有病毒。而且,杀毒软件地更新往往落后于病毒地更新与升级。

(19)下列关于计算机的叙述中,不正确的一条是_____。

A. 运算器主要由一个加法器、一个寄存器和控制线路组成

B. 一个字节等于 8 个二进制位

C. CPU 是计算机的核心部件

D. 磁盘存储器是一种输出设备

【答案】A　D

【解析】运算器主要由一个加法器、若干个寄存器和一些控制线路组成;磁盘存储器既是一种输入设备,也是一种输出设备。

(20)下列关于计算机的叙述中,正确的一条是_____。

A. 存放由存储器取得指令的部件是指令计数器

B. 计算机中的各个部件依靠总线连接

C. 十六进制转换成十进制的方法是"除 16 取余法"

D. 多媒体技术的主要特点是数字化和集成性

【答案】B

【解析】多媒体技术的主要特点是集成性和交互性;存放由存储器取得指令的部件是指令寄存器;十六进制转换成十进制的方法是按权展开即可,十进制转换成十六进制的方法是"除 16 取余法"。

第 4 套

(1)在信息时代,计算机的应用非常广泛,主要有如下几大领域:

科学计算、信息处理、过程控制、计算机辅助工程、家庭生活和_____。

A. 军事应用　　　　B. 现代教育　　　　C. 网络服务　　　　D. 以上都不是

【答案】B

【解析】计算机应用领域可以概括为:科学计算(或数值计算)、信息处理(或数据处理)、过程控制(或实时控制)、计算机辅助工程、家庭生活和现代教育。

(2)在 ENIAC 的研制过程中,由美籍匈牙利数学家总结并提出了非常重要的改进意见,他是_____。

A. 冯·诺依曼　　　B. 阿兰·图灵　　　C. 古德·摩尔　　　D. 以上都不是

【答案】A

【解析】1946 年冯·诺依曼和他的同事们设计出的逻辑结构（即冯·诺依曼结构）对后来计算机的发展影响深远。

（3）十进制数 75 用二进制数表示是_____。

　　A.1100001　　　　　B.1101001　　　　　C.0011001　　　　　D.1001011

【答案】D

【解析】十进制向二进制的转换采用"除二取余"法，即将十进制数除以 2 得一商数和余数；再将所得的商除以 2，又得到一个新的商数和余数；这样不断地用 2 去除所得的商数，直到商为 0 为止。每次相除所得的余数就是对应的二进制整数。第一次得到的余数为最低有效位，最后一次得到的余数为最高有效位。

（4）一个非零无符号二进制整数后加两个零形成一个新的数，新数的值是原数值的_____。

　　A.4 倍　　　　　　　B.二倍　　　　　　　C.4 分之一　　　　　D.二分之一

【答案】A

【解析】根据二进制数位运算规则：左移一位，数值增至 21 倍；右移一位，数值减至 2－1 倍。可尝试用几个数来演算一下，即可得出正确选项。

（5）与十进制数 291 等值的十六进制数为_____。

　　A.123　　　　　　　B.213　　　　　　　C.231　　　　　　　D.132

【答案】A

【解析】十进制转成十六进制的方法是"除十六取余"。

（6）下列字符中，其 ASCII 码值最小的是_____。

　　A. $　　　　　　　B.J　　　　　　　C.b　　　　　　　D.T

【答案】A

【解析】在 ASCII 码中，有 4 组字符：一组是控制字符，如 LF，CR 等，其对应 ASCII 码值最小；第 2 组是数字 0～9，第 3 组是大写字母 A～Z，第 4 组是小写字母 a～z。这 4 组对应的值逐渐变大。

（7）下列 4 条叙述中，有错误的一条是_____。

A.通过自动（如扫描）或人工（如击键、语音）方法将汉字信息（图形、编码或语音）转换为计算机内部表示汉字的机内码并存储起来的过程，称为汉字输入

B.将计算机内存储的汉字内码恢复成汉字并在计算机外部设备上显示或通过某种介质保存下来的过程，称为汉字输出

C.将汉字信息处理软件固化，构成一块插件板，这种插件板称为汉卡

D.汉字国标码就是汉字拼音码

【答案】D

【解析】国标码即汉字信息交换码，而拼音码是输入码，两者并不相同。

（8）某汉字的国标码是 1112H，它的机内码是_____。

　　A.3132H　　　　　　B.5152H　　　　　　C.8182H　　　　　　D.9192H

【答案】C

【解析】汉字机内码＝国标码＋8080H。

（9）以下关于高级语言的描述中，正确的是_____。

A. 高级语言诞生于 20 世纪 60 年代中期

B. 高级语言的"高级"是指所设计的程序非常高级

C. C++ 语言采用的是"编译"的方法

D. 高级语言可以直接被计算机执行

【答案】C

【解析】高级语言诞生于 20 世纪 50 年代中期；所谓的"高级"是指这种语言与自然语言和数学公式相当接近，而且不倚赖于计算机的型号，通用性好；只有机器语言可以直接被计算机执行。

(10)早期的 BASIC 语言采用的哪种方法将源程序转换成机器语言？

A. 汇编　　　　　　B. 解释　　　　　　C. 编译　　　　　　D. 编辑

【答案】B

【解析】高级语言源程序必须经过"编译"或"解释"才能成为可执行的机器语言程序（即目标程序）。早期的 BASIC 语言采用的是"解释"的方法，它是用解释一条 BASIC 语句执行一条语句的"边解释边执行"的方法，这样效率比较低。

(11)计算机软件系统包括_____。

A. 系统软件和应用软件　　　　　　B. 编辑软件和应用软件

C. 数据库软件和工具软件　　　　　D. 程序和数据

【答案】A

【解析】计算机软件系统包括系统软件和应用软件两大类。

(12)WPS 2000，Word 97 等字处理软件属于_____。

A. 管理软件　　　B. 网络软件　　　C. 应用软件　　　D. 系统软件

【答案】C

【解析】字处理软件属于应用软件一类。

(13)使用 Pentium Ⅲ 500 的微型计算机，其 CPU 的输入时钟频率是_____。

A. 500kHz　　　B. 500MHz　　　C. 250kHz　　　D. 250MHz

【答案】B

【解析】"500"的含义即 CPU 的时钟频率，即主频，它的单位是 MHz（兆赫兹）。

(14)静态 RAM 的特点是_____。

A. 在不断电的条件下，信息在静态 RAM 中保持不变，故而不必定期刷新就能永久保存信息

B. 在不断电的条件下，信息在静态 RAM 中不能永久无条件保持，必须定期刷新才不致丢失信息

C. 在静态 RAM 中的信息只能读不能写

D. 在静态 RAM 中的信息断电后也不会丢失

【答案】A

【解析】RAM 分为静态 RAM 和动态 RAM。前者速度快，集成度低，不用定期刷新；后者需要经常刷新，集成度高，速度慢。

(15)CPU 的主要组成：运算器和_____。

A. 控制器　　　B. 存储器　　　C. 寄存器　　　D. 编辑器

【答案】A

【解析】CPU 即中央处理器,主要包括运算器(ALU)和控制器(CU)两大部件。

(16)高速缓冲存储器是为了解决_____。

A. 内存与辅助存储器之间速度不匹配问题

B. CPU 与辅助存储器之间速度不匹配问题

C. CPU 与内存储器之间速度不匹配问题

D. 主机与外设之间速度不匹配问题

【答案】C

【解析】CPU 主频不断提高,对 RAM 的存取更快了,为协调 CPU 与 RAM 之间的速度差问题,设置了高速缓冲存储器(Cache)。

(17)以下哪一个是点阵打印机?

A. 激光打印机　　　　B. 喷墨打印机　　　　C. 静电打印机　　　　D. 针式打印机

【答案】D

【解析】针式打印机即点阵打印机。靠在脉冲电流信号的控制下,打印针击打的针点形成字符或汉字的点阵。

(18)为了防止计算机病毒的传染,应该做到_____。

A. 不要拷贝来历不明的软盘上的程序

B. 对长期不用的软盘要经常格式化

C. 对软盘上的文件要经常重新拷贝

D. 不要把无病毒的软盘与来历不明的软盘放在一起

【答案】A

【解析】病毒可以通过读写软盘感染病毒,所以最好的方法是少用来历不明的软盘。

(19)下列关于计算机的叙述中,不正确的一条是_____。

A. 世界上第一台计算机诞生于美国,主要元件是晶体管

B. 我国自主生产的巨型机代表是"银河"

C. 笔记本电脑也是一种微型计算机

D. 计算机的字长一般都是 8 的整数倍

【答案】A

【解析】世界上第一台计算机 ENIAC 于 1946 年诞生于美国宾夕法尼亚大学,主要的元件是电子管,这也是第一代计算机所采用的主要元件。

(20)下列关于计算机的叙述中,不正确的一条是_____。

A. "裸机"就是没有机箱的计算机

B. 所有计算机都是由硬件和软件组成的

C. 计算机的存储容量越大,处理能力就越强

D. 各种高级语言的翻译程序都属于系统软件

【答案】A

【解析】"裸机"是指没有安装任何软件的机器。

第 5 套

(1)到目前为止,微型计算机经历了几个阶段?

A. 8　　　　　　　　B. 7　　　　　　　　C. 6　　　　　　　　D. 5

【答案】A

【解析】微型计算机的发展速度非常快,按照微处理器的发展可以将微型计算机的发展划分。自 1978 年 Intel 公司推出了 16 位微处理器 Intel 8086 成为第一代的象征,数年来微处理器的技术发展突飞猛进。到了 2000 年推出的 Pentium 4 芯片成为第 8 代微型处理器的代表,也是当前的主流微型计算机处理器。

(2)计算机辅助设计简称是_____。

A. CAM　　　　　B. CAD　　　　　C. CAT　　　　　D. CAI

【答案】B

【解析】"计算机辅助设计"英文名为 Computer Aided Design,简称为 CAD。

(3)二进制数 11000000 对应的十进制数是_____。

A. 384　　　　B. 192　　　　C. 96　　　　D. 320

【答案】B

【解析】二进制数转换成十进制数的方法是按权展开。11000000B＝192D。

(4)下列 4 种不同数制表示的数中,数值最大的一个是_____。

A. 八进制数 110　　　　　　　　B. 十进制数 71

C. 十六进制数 4A　　　　　　　D. 二进制数 1001001

【答案】C

【解析】解答这类问题,一般都是将这些非十进制数转换成十进制数,才能进行统一的对比。非十进制转换成十进制的方法是按权展开。

(5)为了避免混淆,十六进制数在书写时常在后面加上字母_____。

A. H　　　　　B. O　　　　　C. D　　　　　D. B

【答案】A

【解析】一般十六进制数在书写时在后面加上 H,二进制数加上 B,八进制数加上 Q。另外有一种标识的方法,那就是在数字右下方标上大写的数字。

(6)计算机用来表示存储空间大小的最基本单位是_____。

A. Baud　　　　B. bit　　　　C. Byte　　　　D. Word

【答案】C

【解析】计算机中最小的数据单位是 bit,但表示存储容量最基本的单位是 Byte。

(7)对应 ASCII 码表,下列有关 ASCII 码值大小关系描述正确的是_____。

A. "CR"<"d"<"G"　　　　　　　B. "a"<"A"<"9"

C. "9"<"a"<"CR"　　　　　　　D. "9"<"R"<"n"

【答案】D

【解析】在 ASCII 码中,有 4 组字符:一组是控制字符,如 LF,CR 等,其对应 ASCII 码值最小;第 2 组是数字 0～9,第 3 组是大写字母 A～Z,第 4 组是小写字母 a～z。这 4 组对应的值逐渐变大。

(8)英文大写字母 D 的 ASCII 码值为 44H,英文大写字母 F 的 ASCII 码值为十进制数_____。

A. 46　　　　B. 68　　　　C. 70　　　　D. 15

【答案】C

【解析】D 的 ASCII 码值为 44H,转换成十进制数为 68,按照排列的规律。大写字母 F 应该是 70。

(9)计算机能直接识别和执行的语言是_____。

A. 机器语言　　　　B. 高级语言　　　　C. 数据库语言　　　　D. 汇编程序

【答案】A

【解析】计算机唯一能识别的语言就是机器语言,所以其他语言必须转换成机器语言才能被计算机所识别。

(10)以下不属于高级语言的有_____。

A. FORTRAN　　　　B. Pascal　　　　C. C　　　　D. UNIX

【答案】D

【解析】UNIX 是一种操作系统软件。

(11)在购买计算机时,"Pentium Ⅱ 300"中的 300 是指_____。

A. CPU 的时钟频率　B. 总线频率　　　　C. 运算速度　　　　D. 总线宽度

【答案】A

【解析】Pentium II 300 中的"II"是指奔腾第二代芯片,300 是指 CPU 的时速频率,即主频。

(12)下列 4 种软件中属于系统软件的是_____。

A. Word 2000　　　　B. UCDOS 系统　　　C. 财务管理系统　　　D. 豪杰超级解霸

【答案】B

【解析】软件系统可分成系统软件和应用软件。应用软件又分为通用软件和专用软件。

(13)目前,比较流行的 UNIX 系统属于哪一类操作系统?

A. 网络操作系统　　　　　　　　　B. 分时操作系统

C. 批处理操作系统　　　　　　　　D. 实时操作系统

【答案】B

【解析】分时操作系统的主要特征就是在一台计算机周围挂上若干台近程或远程终端,每个用户可以在各自的终端上以交互的方式控制作业运行。UNIX 是目前国际上最流行的分时系统。

(14)具有多媒体功能的微型计算机系统中,常用的 CD-ROM 是_____。

A. 只读型大容量软盘　　　　　　　B. 只读型光盘

C. 只读型硬盘　　　　　　　　　　D. 半导体只读存储器

【答案】B

【解析】CD-ROM,即 Compact Disk Read Only Memory—只读型光盘。

(15)微型计算机硬件系统中最核心的部件是_____。

A. 主板　　　　　B. CPU　　　　　C. 内存储器　　　　　D. I/O 设备

【答案】B

【解析】CPU-中央处理器,是计算机的核心部件,它的性能指标直接决定了计算机系统的性能指标。

(16)目前常用的 3.5 英寸软盘角上有一带黑滑块的小方口,当小方口被关闭时,作用是_____。

A. 只能读不能写　　　　　　　　　B. 能读又能写

C. 禁止读也禁止写　　　　　　　　D. 能写但不能读

【答案】B

【解析】此为写保护口。露出小孔即写保护状态,反之则可读可写。

(17)微型计算机中,ROM 是_____。

A. 顺序存储器　　　　　　　　　B. 高速缓冲存储器

C. 随机存储器　　　　　　　　　D. 只读存储器

【答案】D

【解析】内存器分为随机存储器 RAM 和只读存储器 ROM。

(18)下列比较著名的国外杀毒软件是_____。

A. 瑞星杀毒　　　B. KV3000　　　C. 金山毒霸　　　D. 诺顿

【答案】D

【解析】瑞星、KV 和金山都是国内著名的杀毒软件品牌。而诺顿是知名的国际品牌。

(19)下列关于汉字编码的叙述中,不正确的一条是_____。

A. 汉字信息交换码就是国际码

B. 2 个字节存储一个国际码

C. 汉字的机内码就是区位码

D. 汉字的内码常用 2 个字节存储

【答案】C

【解析】汉字的机内码=汉字的国际码+8080H,国际码是区位码中的区码和位码各自转换成十六进制后各加 20H。

(20)下列关于计算机的叙述中,不正确的一条是_____。

A. 硬件系统由主机和外部设备组成

B. 计算机病毒最常用的传播途径就是网络

C. 汉字的地址码就是汉字库

D. 汉字的内码也称为字模

【答案】D

【解析】汉字的内码是在计算机内部对汉字进行存储、处理的汉字代码。字模即汉字的字形码,也称为汉字输出码。

第 6 套

(1)第 2 代电子计算机使用的电子元件是_____。

A. 晶体管　　　　　　　　　　　B. 电子管

C. 中、小规模集成电路　　　　　D. 大规模和超大规模集成电路

【答案】A

【解析】第 1 代计算机是电子管计算机,第二代计算机是晶体管计算机,第 3 代计算机主要元件是采用小规模集成电路和中规模集成电路,第 4 代计算机主要元件是采用大规模集成电路和超大规模集成电路。

(2)除了计算机模拟之外,另一种重要的计算机教学辅助手段是_____。

A. 计算机录像　　B. 计算机动画　　C. 计算机模拟　　D. 计算机演示

【答案】D

【解析】计算机作为现代教学手段在教育领域中应用得越来越广泛、深入。主要有计算机辅助教学、计算机模拟、多媒体教室、网上教学和电子大学。

(3)计算机集成制作系统是_____。

A. CAD B. CAM C. CIMS D. MIPS

【答案】C

【解析】将 CAD/CAM 和数据库技术集成在一起,形成 CIMS(计算机集成制造系统)技术,可实现设计、制造和管理完全自动化。

(4)十进制数 215 用二进制数表示是_____。

A. 1100001 B. 1101001 C. 0011001 D. 11010111

【答案】D

【解析】十进制向二进制的转换前面已多次提到,这一点也是大纲要求重点掌握的。采用"除二取余"法。

(5)十六进制数 34B 对应的十进制数是_____。

A. 1234 B. 843 C. 768 D. 333

【答案】B

【解析】十六进制数转换成十进制数的方法和二进制一样,都是按权展开。

(6)二进制数 0111110 转换成十六进制数是_____。

A. 3F B. DD C. 4A D. 3E

【答案】D

【解析】二进制整数转换成十六进制整数的方法是:从个位数开始向左按每 4 位二进制数一组划分,不足 4 位的前面补 0,然后各组代之以一位十六进制数字即可。

(7)二进制数 10100101011 转换成十六进制数是_____。

A. 52B B. D45D C. 23C D. 5E

【答案】A

【解析】二进制整数转换成十六进制整数的方法是:从个位数开始向左按每 4 位二进制数一组划分,不足 4 位的前面补 0,然后各组代之以一位十六进制数字即可。

(8)二进制数 1234 对应的十进制数是_____。

A. 16 B. 26 C. 34 D. 25

【答案】B

【解析】二进制数转换成十进制数的方法是按权展开。

(9)一汉字的机内码是 B0A1H,那么它的国标码是_____。

A. 3121H B. 3021H C. 2131H D. 2130H

【答案】B

【解析】国标码是汉字的代码,由两个字节组成,每个字节的最高位为 0,机内码是汉字在计算机内的编码形式,也由两个字节组成,每个字节的最高位为 1,机内码与国标码的关系是:国标码+8080 H=机内码。

(10)计算机内部采用二进制表示数据信息,二进制主要优点是_____。

A. 容易实现 B. 方便记忆

C. 书写简单 D. 符合使用的习惯

【答案】A

【解析】二进制是计算机中的数据表示形式,是因为二进制有如下特点:简单可行、容易实现、运算规则简单、适合逻辑运算。

(11)国际上对计算机进行分类的依据是_____。

A. 计算机的型号　　　　　　　　　　B. 计算机的速度

C. 计算机的性能　　　　　　　　　　D. 计算机生产厂家

【答案】C

【解析】国际上根据计算机的性能指标和应用对象,将计算机分为超级计算机、大型计算机、小型计算机、微型计算机和工作站。

(12)在微型计算机中,应用最普遍的字符编码是_____。

A. ASCII 码　　　　B. BCD 码　　　　C. 汉字编码　　　　D. 补码

【答案】A

【解析】计算机中常用的字符编码有 EBCDIC 码和 ASCII 码,后者用于微型机。

(13)字母"Q"的 ASCII 码值是十进制数_____。

A. 75　　　　　　B. 81　　　　　　C. 97　　　　　　D. 134

【答案】B

【解析】考试中经常遇到类似的问题,考生没必要背诵整个 ASCII 表,要知道考试给出的试题是有规律的,一般都是考核数字、字母的 ASCII 码值或是比较几个数字、字母的码值大小。这里重点记忆几个特殊的码值:数字"0"的码值是48D,字母"A"的码值为65D,字母"a"的码值是 97D。以后遇到类似的问题,根据这几个码值进行推算即可。

(14)下列字符中,其 ASCII 码值最大的是_____。

A. STX　　　　　B. 6　　　　　　C. T　　　　　　D. w

【答案】D

【解析】字符对应数字的关系是"控制字符＜标点符号＜数字＜标点符号＜大写字母＜小写字母＜标点符号"。

(15)ASCII 码共有多少个字符?

A. 126　　　　　B. 127　　　　　C. 128　　　　　D. 129

【答案】C

【解析】ASCII 码共有 128 个字符,每一个字符对应一个数值,称为该字符的 ASCII 码值。

(16)以下是冯·诺依曼体系结构计算机的基本思想之一的是_____。

A. 计算精度高　　B. 存储程序控制　　C. 处理速度快　　D. 可靠性高

【答案】B

【解析】冯·诺依曼体系结构计算机的基本思想之一的是存储程序控制。计算机在人们预先编制好的程序控制下,实现工作自动化。

(17)输入/输出设备必须通过 I/O 接口电路才能连接_____。

A. 地址总线　　B. 数据总线　　　C. 控制总线　　　D. 系统总线

【答案】D

【解析】地址总线的作用是:CPU 通过它对外设接口进行寻址,也可以通过它对内存进行寻址。数据总线的作用是:通过它进行数据传输,表示一种并行处理的能力。控制总线的作用是:CPU 通过它传输各种控制信号,系统总线包括上述 3 种总线,具有相应的综合性功能。

(18)专门为学习目的而设计的软件是_____。

A. 工具软件　　B. 应用软件　　　C. 系统软件　　　D. 目标程序

【答案】B

【解析】工具软件是专门用来进行测试、检查、维护等项的服务软件。系统软件是专门用于管理和控制计算机的运行、存储、输入及输出的,并对源程序转换成目标程序起到翻译作用。应用软件是利用某种语言专门为某种目的而设计的一种软件。

(19)在计算机内部能够直接执行的程序语言是_____。

A.数据库语言　　　B.高级语言　　　C.机器语言　　　D.汇编语言

【答案】C

【解析】机器语言不需要转换,本身就是二进制代码语言,可以直接运行;高级语言需经编译程序转换成可执行的目标程序,才能在计算机上运行;数据库语言也需将源程序转换成可执行的目标程序,才能在计算机上运行;汇编语言需经汇编程序转换成可执行的目标程序,才能在计算机上运行。

(20)I/O接口位于什么之间?

A.主机和I/O设备　　　　　　　B.主机和主存

C.CPU和主存　　　　　　　　　D.总线和I/O设备

【答案】C

【解析】主机和主存要通过系统总线。主机与I/O设备要通过系统总线、I/O接口,然后才与I/O设备相连接,而并不是I/O设备直接与系统总线相连接。

第7套

(1)我国第一台电子计算机诞生于哪一年?

A.1948年　　　B.1958年　　　C.1966年　　　D.1968年

【答案】B

【解析】我国自1956年开始研制计算机,1958年研制成功国内第一台电子管计算机,名叫103机,在以后的数年中我国的计算机技术取得了迅速地发展。

(2)计算机按照处理数据的形态可以分为_____。

A.巨型机、大型机、小型机、微型机和工作站

B.286机、386机、486机、Pentium机

C.专用计算机、通用计算机

D.数字计算机、模拟计算机、混合计算机

【答案】D

【解析】计算机按照综合性能可以分为巨型机、大型机、小型机、微型机和工作站,按照使用范围可以分为通用计算机和专用计算机,按照处理数据的形态可以分为数字计算机、模拟计算机和专用计算机。

(3)与十进制数254等值的二进制数是_____。

A.11111110　　　B.11101111　　　C.11111011　　　D.11101110

【答案】A

【解析】十进制与二进制的转换可采用"除二取余"法。

(4)下列4种不同数制表示的数中,数值最小的一个是_____。

A.八进制数36　　　　　　　　　B.十进制数32

C.十六进制数22　　　　　　　　D.二进制数10101100

【答案】A

【解析】解答这类问题,一般都是将这些非十进制数转换成十进制数,才能进行统一的对比。非十进制转换成十进制的方法是按权展开

(5)十六进制数 1AB 对应的十进制数是_____。

A. 112　　　　　　B. 427　　　　　　C. 564　　　　　　D. 273

【答案】A

【解析】十六进制数转换成十进制数的方法和二进制一样,都是按权展开。

(6)某汉字的国标码是 5650H,它的机内码是_____。

A. D6D0H　　　　B. E5E0H　　　　C. E5D0H　　　　D. D5E0H

【答案】A

【解析】汉字机内码＝国标码＋8080H。

(7)五笔字型输入法是_____。

A. 音码　　　　　B. 形码　　　　　C. 混合码　　　　D. 音形码

【答案】B

【解析】全拼输入法和双拼输入法是根据汉字的发音进行编码的,称为音码;五笔字型输入法根据汉字的字形结构进行编码的,称为形码;自然码输入法兼顾音、形编码,称为音形码。

(8)下列字符中,其 ASCII 码值最大的是_____。

A. STX　　　　　B. 8　　　　　　C. E　　　　　　D. a

【答案】D

【解析】在 ASCII 码中,有 4 组字符:一组是控制字符,如 LF,CR 等,其对应 ASCII 码值最小;第 2 组是数字 0~9,第 3 组是大写字母 A~Z,第 4 组是小写字母 a~z。这 4 组对应的值逐渐变大。字符对应数值的关系是"小写字母比大写字母对应数大,字母中越往后对应的值就越大"。

(9)以下关于机器语言的描述中,不正确的是_____。

A. 每种型号的计算机都有自己的指令系统,就是机器语言

B. 机器语言是惟一能被计算机识别的语言

C. 计算机语言可读性强,容易记忆

D. 机器语言和其他语言相比,执行效率高

【答案】C

【解析】机器语言中每条指令都是一串二进制代码,因此可读性差,不容易记忆,编写程序复杂,容易出错。

(10)将汇编语言转换成机器语言程序的过程称为_____。

A. 压缩过程　　　B. 解释过程　　　C. 汇编过程　　　D. 链接过程

【答案】C

【解析】汇编语言必须翻译成机器语言才能被执行,这个翻译过程是由事先存放在机器里的汇编程序完成的,称为汇编过程。

(11)下列 4 种软件中不属于应用软件的是_____。

A. Excel 2000　　B. WPS 2003　　C. 财务管理系统　　D. Pascal 编译程序

【答案】D

【解析】软件系统可分成系统软件和应用软件。前者又分为操作系统和语言处理系统,Pascal 就属于此类。

(12)下列有关软件的描述中,说法不正确的是_____。

A. 软件就是为方便使用计算机和提高使用效率而组织的程序以及有关文档

B. 所谓"裸机",其实就是没有安装软件的计算机

C. dBASEⅢ,FoxPro,Oracle 属于数据库管理系统,从某种意义上讲也是编程语言,

D. 通常,软件安装的越多,计算机的性能就越先进

【答案】D

【解析】计算机的性能主要和计算机硬件配置有关系,安装软件的数量多少不会影响。

(13)最著名的国产文字处理软件是_____。

A. MS Word   B. 金山 WPS   C. 写字板   D. 方正排版

【答案】B

【解析】金山公司出品的 WPS 办公软件套装是我国最著名的民族办公软件品牌。

(14)硬盘工作时应特别注意避免_____。

A. 噪声   B. 震动   C. 潮湿   D. 日光

【答案】B

【解析】硬盘的特点是整体性好、密封好、防尘性能好、可靠性高,对环境要求不高。但是硬盘读取或写入数据时不宜震动,以免损坏磁头。

(15)针式打印机术语中,24 针是指_____。

A. 24×24 点阵   B. 队号线插头有 24 针

C. 打印头内有 24×24 根针   D. 打印头内有 24 根针

【答案】A

【解析】针式打印机即点阵打印机,是靠在脉冲电流信号的控制下,打印针击打的针点形成字符的点阵。

(16)在微型计算机系统中运行某一程序时,若存储容量不够,可以通过下列哪种方法来解决?

A. 扩展内存   B. 增加硬盘容量   C. 采用光盘   D. 采用高密度软盘

【答案】B

【解析】运行程序需要使用的存储量一般在硬盘中,增加硬盘容量可直接增大存储容量。

(17)在计算机中,既可作为输入设备又可作为输出设备的是_____。

A. 显示器   B. 磁盘驱动器   C. 键盘   D. 图形扫描仪

【答案】B

【解析】磁盘驱动器通过磁盘可读也可写。

(18)以下关于病毒的描述中,正确的说法是_____。

A. 只要不上网,就不会感染病毒

B. 只要安装最好的杀毒软件,就不会感染病毒

C. 严禁在计算机上玩电脑游戏也是预防病毒的一种手段

D. 所有的病毒都会导致计算机越来越慢,甚至可能使系统崩溃

【答案】C

【解析】病毒的传播途径很多,网络是一种,但不是惟一的一种;再好的杀毒软件都不能清除所有的病毒;病毒的发作情况都不一样。

(19)下列关于计算机的叙述中,不正确的一条是_____。

A. 在微型计算机中,应用最普遍的字符编码是 ASCII 码

B. 计算机病毒就是一种程序

C. 计算机中所有信息的存储采用二进制

D. 混合计算机就是混合各种硬件的计算机

【答案】D

【解析】混合计算机的"混合"就是集数字计算机和模拟计算机的优点于一身。

(20)下列关于计算机的叙述中,不正确的一条是_____。

A. 外部存储器又称为永久性存储器

B. 计算机中大多数运算任务都是由运算器完成的

C. 高速缓存就是 Cache

D. 借助反病毒软件可以清除所有的病毒

【答案】D

【解析】任何反病毒软件都不可能清除所有的病毒。

第 8 套

(1)微型计算机中使用的数据库属于_____。

A. 科学计算方面的计算机应用

B. 过程控制方面的计算机应用

C. 数据处理方面的计算机应用

D. 辅助设计方面的计算机应用

【答案】C

【解析】数据处理是目前计算机应用最广泛的领域,数据库将大量的数据进行自动化管理,提高了计算机的使用效率。

(2)电子计算机的发展按其所采用的逻辑器件可分为几个阶段?

A. 2 个　　　　　　B. 3 个　　　　　　C. 4 个　　　　　　D. 5 个

【答案】C

【解析】注意:这里是按照电子计算机所采用的电子元件的不同,根据这个原则可以划分为 4 个阶段。

(3)二进制数 1111101011011 转换成十六进制数是_____。

A. 1F5B　　　　　　B. D7SD　　　　　　C. 2FH3　　　　　　D. 2AFH

【答案】A

【解析】二进制整数转换成十六进制整数的方法是:从个位数开始向左按每 4 位二进制数一组划分,不足 4 位的前面补 0,然后各组代之以一位十六进制数字即可。

(4)十六进制数 CDH 对应的十进制数是_____。

A. 204　　　　　　B. 205　　　　　　C. 206　　　　　　D. 203

【答案】B

【解析】十六进制数转换成十进制数的方法和二进制一样,都是按权展开。

(5)下列 4 种不同数制表示的数中,数值最小的一个是_____。

A. 八进制数 247　　　　　　　　　　B. 十进制数 169

C. 十六进制数 A6　　　　　　　　　　D. 二进制数 10101000

【答案】C

【解析】按权展开,数值如下:247Q=167;A6H=166;10101000B=168。

(6)下列字符中,其 ASCII 码值最大的是_____。

A. NUL   B. B   C. g   D. p

【答案】D

【解析】在 ASCII 码中,有 4 组字符:一组是控制字符,如 LF,CR 等,其对应 ASCII 码值最小;第 2 组是数字 0～9,第 3 组是大写字母 A～Z,第 4 组是小写字母 a～z。这 4 组对应的值逐渐变大。字符对应数值的关系是"小写字母比大写字母对应数大,字母中越往后对应的值就越大"。

(7)ASCII 码分为哪两种?

A. 高位码和低位码   B. 专用码和通用码

C. 7 位码和 8 位码   D. 以上都不是

【答案】C

【解析】ASCII 码是美国标准信息交换码,被国际标准化组织指定为国际标准,有 7 位码和 8 位码两种版本,比较常用的是 7 位码。

(8)7 位 ASCII 码共有多少个不同的编码值?

A. 126   B. 124   C. 127   D. 128

【答案】D

【解析】ASCII 码是用 7 位二进制数表示一个字符的编码,其编码范围从 0000000B～1111111B,共有 $2^7=128$ 个不同的编码值。

(9)一条指令必须包括_____。

A. 操作码和地址码   B. 信息和数据

C. 时间和信息   D. 以上都不是

【答案】A

【解析】一条指令就是对计算机下达的命令,必须包括操作码和地址码(或称操作数)两部分。前者指出该指令完成操作的类型,后者指出参与操作的数据和操作结果存放的位置。

(10)程序设计语言通常分为_____。

A. 4 类   B. 2 类   C. 3 类   D. 5 类

【答案】C

【解析】程序设计语言通常分为 3 类:机器语言、汇编语言和高级语言。

(11)下列不属于微机主要性能指标的是_____。

A. 字长   B. 内存容量   C. 软件数量   D. 主频

【答案】C

【解析】软件数量取决于用户自行安装,与计算机性能无关。

(12)将计算机分为 286,386,486,Pentium,是按照_____。

A. CPU 芯片   B. 结构   C. 字长   D. 容量

【答案】A

【解析】微机按 CPU 芯片分为 286 机、386 机……

(13)计算机网络的目标是实现_____。

A. 数据处理   B. 文献检索

C. 资源共享和信息传输   D. 信息传输

【答案】C

【解析】计算机网络系统具有丰富的功能,其中最重要的是资源共享和快速通信。

(14)下列 4 种存储器中,存取速度最快的是_____。

A. 磁带　　　　　　B. 软盘　　　　　　C. 硬盘　　　　　　D. 内存储器

【答案】D

【解析】计算机读取和写入数据都是在内存中完成的,它的存取时间是几个选项中最快的。

(15)硬盘的一个主要性能指标是容量,硬盘容量的计算公式为_____。

A. 磁道数×面数×扇区数×512 字节

B. 磁道数×面数×扇区数×128 字节

C. 磁道数×面数×扇区数×80×512 字节

D. 磁道数×面数×扇区数×15×128 字节

【答案】A

【解析】容量＝磁道数×扇区内字节数×面数。

(16)一般情况下,外存储器中存储的信息,在断电后_____。

A. 局部丢失　　　B. 大部分丢失　　　C. 全部丢失　　　D. 不会丢失

【答案】D

【解析】内存的信息是临时性信息,断电后会全部丢失;而外存中的信息不会丢失。

(17)微机中 1KB 表示的二进制位数是_____。

A. 1000　　　　　B. 8×1000　　　　C. 1024　　　　　D. 8×1024

【答案】D

【解析】8 个二进制位组成一个字节,1KB 共 1024 字节。

(18)以下哪一项不是预防计算机病毒的措施?

A. 建立备份　　　B. 专机专用　　　C. 不上网　　　　D. 定期检查

【答案】C

【解析】网络是病毒传播的最大来源,预防计算机病毒的措施很多,但是采用不上网的措施显然是防卫过度。

(19)下列关于计算机的叙述中,正确的一条是_____。

A. 软盘上的写保护口,关闭小孔时表示为写保护状态

B. 即时升级杀毒软件是预防病毒的手段之一

C. 第二代计算机是电子管计算机

D. CAI 就是计算机辅助制造的英文缩写

【答案】B

【解析】软盘上的写保护口,露出写保护孔时表示为写保护状态,反之为可读可写的状态;第一代计算机是电子管计算机,第二代计算机是晶体管计算机;CAI 是计算机辅助教学的英文缩写,CAD 是计算机辅助设计,CAM 是计算机辅助制造;杀毒软件只能查杀已知的病毒,不能查杀新出现的病毒。

(20)下列关于计算机的叙述中,不正确的一条是_____。

A. 最常用的硬盘就是温切斯特硬盘

B. 计算机病毒是一种新的高科技类型犯罪

C. 8 个二进制位组成一个字节

D. 汉字点阵中,行、列划分越多,字形的质量就越差

【答案】D

【解析】行、列划分越多,字形的质量就越好,锯齿现象就越不严重,但是容量就越大。

第 9 套

(1)计算机的特点是处理速度快、计算精度高、存储容量大、可靠性高、工作全自动以及_____。

　　A.造价低廉　　　　　　　　　　　B.便于大规模生产
　　C.适用范围广、通用性强　　　　　D.体积小巧

【答案】C

【解析】计算机的主要特点就是处理速度快、计算精度高、存储容量大、可靠性高、工作全自动以及适用范围广、通用性强。

(2)1983 年,我国第一台亿次巨型电子计算机诞生了,它的名称是_____。

　　A.东方红　　　　B.神威　　　　C.曙光　　　　D.银河

【答案】D

【解析】1983 年底,我国第一台名叫"银河"的亿次巨型电子计算机诞生,标示着我国计算机技术的发展进入一个崭新的阶段。

(3)十进制数 215 用二进制数表示是_____。

　　A.1100001　　　B.11011101　　　C.0011001　　　D.11010111

【答案】D

【解析】十进制向二进制的转换采用"除二取余"法。

(4)有一个数是 123,它与十六进制数 53 相等,那么该数值是_____。

　　A.八进制数　　　B.十进制数　　　C.五进制　　　D.二进制数

【答案】A

【解析】解答这类问题,一般是将十六进制数逐一转换成选项中的各个进制数进行对比。

(5)下列 4 种不同数制表示的数中,数值最大的一个是_____。

　　A.八进制数 227　　　　　　　　　B.十进制数 789
　　C.十六进制数 1FF　　　　　　　　D.二进制数 1010001

【答案】B

【解析】解答这类问题,一般都是将这些非十进制数转换成十进制数,才能进行统一的对比。非十进制转换成十进制的方法是按权展开。

(6)某汉字的区位码是 5448,它的机内码是_____。

　　A.D6D0H　　　B.E5E0H　　　C.E5D0H　　　D.D5E0H

【答案】A

【解析】国标码＝区位码＋2020H,汉字机内码＝国标码＋8080H。首先将区位码转换成国标码,然后将国标码加上 8080H,即得机内码。

(7)汉字的字形通常分为哪两类?

　　A.通用型和精密型　　　　　　　　B.通用型和专用型
　　C.精密型和简易型　　　　　　　　D.普通型和提高型

【答案】A

【解析】汉字的字形可以分为通用型和精密型两种,其中通用型又可以分成简易型、普通型、提高型 3 种。

(8)中国国家标准汉字信息交换编码是_____。

A. GB 2312－80　　　B. GBK　　　　　　C. UCS　　　　　　　D. BIG－5

【答案】A

【解析】GB 2312－80 是中华人民共和国国家标准汉字信息交换用编码,习惯上称为国际码、GB 码或区位码。

(9)用户用计算机高级语言编写的程序,通常称为_____。

A. 汇编程序　　　　B. 目标程序　　　　C. 源程序　　　　　D. 二进制代码程序

【答案】C

【解析】使用高级语言编写的程序,通常称为高级语言源程序。

(10)将高级语言编写的程序翻译成机器语言程序,所采用的两种翻译方式是_____。

A. 编译和解释　　　B. 编译和汇编　　　C. 编译和链接　　　D. 解释和汇编

【答案】A

【解析】将高级语言转换成机器语言,采用编译和解释两种方法。

(11)下列关于操作系统的主要功能的描述中,不正确的是_____。

A. 处理器管理　　　B. 作业管理　　　　C. 文件管理　　　　D. 信息管理

【答案】D

【解析】操作系统的 5 大管理模块是处理器管理、作业管理、存储器管理、设备管理和文件管理。

(12)微型机的 DOS 系统属于哪一类操作系统?

A. 单用户操作系统　　　　　　　　　B. 分时操作系统

C. 批处理操作系统　　　　　　　　　D. 实时操作系统

【答案】A

【解析】单用户操作系统的主要特征就是计算机系统内一次只能运行一个应用程序,缺点是资源不能充分利用,微型机的 DOS、Windows 操作系统属于这一类。

(13)下列 4 种软件中属于应用软件的是_____。

A. BASIC 解释程序　　　　　　　　　B. UCDOS 系统

C. 财务管理系统　　　　　　　　　　D. Pascal 编译程序

【答案】C

【解析】软件系统可分成系统软件和应用软件。前者又分为操作系统和语言处理系统,A,B,D 三项应归在此类中。

(14)内存(主存储器)比外存(辅助存储器)_____。

A. 读写速度快　　　B. 存储容量大　　　C. 可靠性高　　　　D. 价格便宜

【答案】A

【解析】一般而言,外存的容量较大是存放长期信息,而内存是存放临时的信息区域,读写速度快,方便交换。

(15)运算器的主要功能是_____。

A. 实现算术运算和逻辑运算

B. 保存各种指令信息供系统其他部件使用

C. 分析指令并进行译码

D. 按主频指标规定发出时钟脉冲

【答案】A

【解析】运算器(ALU)是计算机处理数据形成信息的加工厂,主要功能是对二进制数码进行算术运算或逻辑运算。

(16)计算机的存储系统通常包括_____。

A. 内存储器和外存储器　　　　　B. 软盘和硬盘

C. ROM 和 RAM　　　　　　　　D. 内存和硬盘

【答案】A

【解析】计算机的存储系统由内存储器(主存储器)和外存储器(辅存储器)组成。

(17)断电会使存储数据丢失的存储器是_____。

A. RAM　　　　B. 硬盘　　　　C. ROM　　　　D. 软盘

【答案】A

【解析】RAM 即易失性存储器,一旦断电,信息就会消失。

(18)计算机病毒按照感染的方式可以进行分类,以下哪一项不是其中一类?

A. 引导区型病毒　　B. 文件型病毒　　C. 混合型病毒　　D. 附件型病毒

【答案】D

【解析】计算机的病毒按照感染的方式,可以分为引导型病毒、文件型病毒、混合型病毒、宏病毒和 Internet 病毒。

(19)下列关于字节的 4 条叙述中,正确的一条是_____。

A. 字节通常用英文单词"bit"来表示,有时也可以写做"b"

B. 目前广泛使用的 Pentium 机其字长为 5 个字节

C. 计算机中将 8 个相邻的二进制位作为一个单位,这种单位称为字节

D. 计算机的字长并不一定是字节的整数倍

【答案】C

【解析】选项 A:字节通常用 Byte 表示。选项 B:Pentium 机字长为 32 位。选项 D:字长总是字节的倍数。

(20)下列描述中,不正确的一条是_____。

A. 世界上第一台计算机诞生于 1946 年

B. CAM 就是计算机辅助设计

C. 二进制转换成十进制的方法是"除二取余"

D. 在二进制编码中,n 位二进制数最多能表示 2^n 种状态

【答案】B

【解析】计算机辅助设计的英文缩写是 CAD,计算机辅助制造的英文缩写是 CAM。

第 10 套

(1)计算机按其性能可以分为 5 大类,即巨型机、大型机、小型机、微型机和_____。

A. 工作站　　　　B. 超小型机　　　　C. 网络机　　　　D. 以上都不是

【答案】A

【解析】人们可以按照不同的角度对计算机进行分类,按照计算机的性能分类是最常用的方法,通常可以分为巨型机、大型机、小型机、微型机和工作站。

(2)第 3 代电子计算机使用的电子元件是_____。

A. 晶体管　　　　　　　　　　　B. 电子管

C. 中、小规模集成电路　　　　　D. 大规模和超大规模集成电路

【答案】C

【解析】第 1 代计算机是电子管计算机,第 2 代计算机是晶体管计算机,第 3 代计算机主要元件是采用小规模集成电路和中规模集成电路,第 4 代计算机主要元件是采用大规模集成电路和超大规模集成电路。

(3)十进制数 221 用二进制数表示是_____。

A.1100001　　　B.11011101　　　C.0011001　　　D.1001011

【答案】B

【解析】十进制向二进制的转换采用"除二取余"法。

(4)下列 4 个无符号十进制整数中,能用 8 个二进制位表示的是_____。

A.257　　　　　B.201　　　　　C.313　　　　　D.296

【答案】B

【解析】十进制整数转成二进制数的方法是"除二取余"法,得出几选项的二进制数。其中201D＝11001001B,为八位。八个二进制位能表示的最大数为 255。

(5)计算机内部采用的数制是_____。

A.十进制　　　　B.二进制　　　　C.八进制　　　　D.十六进制

【答案】B

【解析】因为二进制具有如下特点:简单可行,容易实现;运算规则简单;适合逻辑运算。所以计算机内部都只用二进制编码表示。

(6)在 ASCII 码表中,按照 ASCII 码值从小到大排列顺序是_____。

A.数字、英文大写字母、英文小写字母

B.数字、英文小写字母、英文大写字母

C.英文大写字母、英文小写字母、数字

D.英文小写字母、英文大写字母、数字

【答案】A

【解析】在 ASCII 码中,有 4 组字符:一组是控制字符,如 LF,CR 等,其对应 ASCII 码值最小;第 2 组是数字 0~9,第 3 组是大写字母 A~Z,第 4 组是小写字母 a~z。这 4 组对应的值逐渐变大。

(7)6 位无符号的二进制数能表示的最大十进制数是_____。

A.64　　　　　　B.63　　　　　　C.32　　　　　　D.31

【答案】B

【解析】6 位无符号的二进制数最大为 111111,转换成十进制数就是 63。

(8)某汉字的区位码是 5448,它的国际码是_____。

A.5650H　　　　B.6364H　　　　C.3456H　　　　D.7454H

【答案】A

【解析】国标码＝区位码＋2020H。即将区位码的十进制区号和位号分别转换成十六进制数,然后分别加上 20H,就成了汉字的国标码。

(9)下列叙述中,正确的说法是_____。

A.编译程序、解释程序和汇编程序不是系统软件

B.故障诊断程序、排错程序、人事管理系统属于应用软件

C.操作系统、财务管理程序、系统服务程序都不是应用软件

D. 操作系统和各种程序设计语言的处理程序都是系统软件

【答案】D

【解析】系统软件包括操作系统、程序语言处理系统、数据库管理系统以及服务程序。应用软件就比较多了，大致可以分为通用应用软件和专用应用软件两类。

(10)把高级语言编写的源程序变成目标程序，需要经过＿＿＿＿＿＿＿。

A. 汇编 　　　　　 B. 解释 　　　　　 C. 编译 　　　　　 D. 编辑

【答案】C

【解析】高级语言源程序必须经过编译才能成为可执行的机器语言程序(即目标程序)。

(11)MIPS是表示计算机哪项性能的单位？

A. 字长 　　　　　 B. 主频 　　　　　 C. 运算速度 　　　　 D. 存储容量

【答案】C

【解析】计算机的运算速度通常是指每秒钟所能执行加法指令数目。常用百万次/秒(MIPS)来表示。

(12)通用软件不包括下列哪一项？

A. 文字处理软件 　　 B. 电子表格软件 　　 C. 专家系统 　　 D. 数据库系统

【答案】D

【解析】数据库系统属于系统软件一类。

(13)下列有关计算机性能的描述中，不正确的是＿＿＿＿＿＿＿。

A. 一般而言，主频越高，速度越快

B. 内存容量越大，处理能力就越强

C. 计算机的性能好不好，主要看主频是不是高

D. 内存的存取周期也是计算机性能的一个指标

【答案】C

【解析】计算机的性能和很多指标有关系，不能简单地认定一个指标。除了主频之外，字长、运算速度、存储容量、存取周期、可靠性、可维护性等都是评价计算机性能的重要指标。

(14)微型计算机内存储器是＿＿＿＿＿＿＿。

A. 按二进制数编址 　　　　　　　　 B. 按字节编址

C. 按字长编址 　　　　　　　　　　 D. 根据微处理器不同而编址不同

【答案】B

【解析】为了存取到指定位置的数据，通常将每8位二进制组成一个存储单元，称为字节，并给每个字节编号，称为地址。

(15)下列属于击打式打印机的有＿＿＿＿＿＿＿。

A. 喷墨打印机 　　 B. 针式打印机 　　 C. 静电式打印机 　　 D. 激光打印机

【答案】B

【解析】打印机按打印原理可分为击打式和非击打式两大类。字符式打印机和针式打印机属于击打式一类。

(16)下列4条叙述中，正确的一条是＿＿＿＿＿＿＿。

A. 为了协调CPU与RAM之间的速度差间距，在CPU芯片中又集成了高速缓冲存储器

B. PC机在使用过程中突然断电，SRAM中存储的信息不会丢失

C. PC机在使用过程中突然断电，DRAM中存储的信息不会丢失

D. 外存储器中的信息可以直接被 CPU 处理

【答案】A

【解析】RAM 中的数据一旦断电就会消失；外存中信息要通过内存才能被计算机处理。故 B、C、D 有误。

(17)微型计算机系统中,PROM 是_____。

A. 可读写存储器　　　　　　　　　B. 动态随机存取存储器

C. 只读存储器　　　　　　　　　　D. 可编程只读存储器

【答案】D

【解析】只读存储器(ROM)有几种形式：可编程只读存储器(PROM)、可擦除的可编程只读存储器(EPROM)和掩膜型只读存取器(MROM)。

(18)下列 4 项中,不属于计算机病毒特征的是_____。

A. 潜伏性　　　　　B. 传染性　　　　　C. 激发性　　　　　D. 免疫性

【答案】D

【解析】计算机病毒不是真正的病毒,而是一种人为制造的计算机程序,不存在什么免疫性。计算机病毒的主要特征是寄生性、破坏性、传染性、潜伏性和隐蔽性。

(19)下列关于计算机的叙述中,不正确的一条是_____。

A. 高级语言编写的程序称为目标程序

B. 指令的执行是由计算机硬件实现的

C. 国际常用的 ASCII 码是 7 位 ASCII 码

D. 超级计算机又称为巨型机

【答案】A

【解析】高级语言编写的程序是高级语言源程序,目标程序是计算机可直接执行的程序。

(20)下列关于计算机的叙述中,不正确的一条是_____。

A. CPU 由 ALU 和 CU 组成　　　　　B. 内存储器分为 ROM 和 RAM

C. 最常用的输出设备是鼠标　　　　　D. 应用软件分为通用软件和专用软件

【答案】C

【解析】鼠标是最常用的输入设备。

3.3　Windows 操作题

第 1 套

(1)将考生文件夹下 RACE 文件夹中的文件 KILL. BPM 更名为 STILL. MAP。

(2)在考生文件夹下 SIMPLE 文件夹中建立一个新文件夹 CULT。

(3)将考生文件夹下 PAIN 文件夹中的文件 SING. SGN 移动到考生文件夹下 CRAW 文件夹中,并将该文件改名为 SONG. SNG。

(4)将考生文件夹下 CAR 文件夹中的文件 NORMAL. RUN 复制到考生文件夹下 SPECIAL 文件夹中。

(5)将考生文件夹下 NATURE 文件夹中的文件 CHANGE. FOR 删除。

(6)将考生文件夹下 HAIR 文件夹中的文件 BOWN. PAS 设置为存档和隐藏属性。

第 2 套

(1)在考生文件夹下 INSIDE 文件夹中创建名为 PENG 的文件夹,并设置属性为只读。

(2)将考生文件夹下 JIN 文件夹中的 SUN. C 文件复制到考生文件夹下的 MQPA 文件夹中。

(3)将考生文件夹下 HOWA 文件夹中的 GNAEL. DBF 文件删除。

(4)为考生文件夹中的 HEIBEI 文件夹中的 QUAN. FOR 文件建立名为 QUAN 的快捷方式,并存放在考生文件夹中。

(5)将考生文件夹下 QUTAM 文件夹中的 MAN. DBF 文件移动到考生文件夹下的 ABC 文件夹中。

第 3 套

(1)在考生文件夹下 HUOW 文件夹中创建名为 DBP8. TXT 的文件,并设置属性为只读。

(2)将考生文件夹下 JPNEQ 文件夹中的 AEPH. SA 文件复制到考生文件夹下 MAXD 文件夹中,并将该文件命名为 MAHF. BAK。

(3)为考生文件夹中的 MPEG 文件夹中的 DEVAL. EXE 文件建立名为 DEVAL 的快捷方式,并存放在考生文件夹中。

(4)将考生文件夹下 ERPO 文件夹中的 SGACYL. TT 文件移动到考生文件夹下,并重命名为 ADMICR. DAT。

(5)搜索考生文件夹下的 ANEMP. FOR 文件,然后将其删除。

第 4 套

(1)将考生文件夹下 PASTE 文件夹中的文件 FLOPY. BAS 复制到考生文件夹下 JUSTY 文件夹中。

(2)将考生文件夹下 PARM 文件夹中的文件 HOLIER. DOC 设置为存档和只读属性。

(3)在考生文件夹下 HUN 文件夹中新建一个文件夹 CALCUT。

(4)将考生文件夹下 SMITH 文件夹中的文件 COUNTING. WRI 移动到考生文件夹下 OFFICE 文件夹中,并重命名为 IDEND. BAK。

(5)将考生文件夹下 VIZARD 文件夹中的文件 MODAL. CPC 重命名 MADAM. WPS。

(6)将考生文件夹下 SUPPER 文件夹中的文件 WORD5. PPT 删除。

第 5 套

(1)将考生文件夹下 MICRO 文件夹中的文件 SAK. PAS 删除。

(2)在考生文件夹下 POP\PUT 文件夹中建立一个名为 HUM 的新文件夹。

(3)将考生文件夹下 COON\FEW 文件夹中的文件 RAD. FOR 复制到考生文件夹下 ZUM 文件夹中。

(4)将考生文件夹下 UEM 文件夹中的文件 MACRO. NEW 设置为隐藏和存档属性。

(5)将考生文件夹下 MEP 文件夹中的文件 PGUP. FIP 移动到考生文件夹下 QEEN 文件夹中,并改名为 NEPA. JEP。

(6)将考生文件夹下 DAIR 文件夹中的文件 BIUA. PRG 更名为 SOFT. BAS。

第 6 套

(1)将考生文件夹下的 BROWN 文件夹的只读属性撤消,并设置为隐藏属性。

(2)将考生文件夹下的 BRUST 文件夹移动到考生文件夹下 TURN 文件夹中。

(3)将考生文件夹下 BROWN 文件夹中的文件 ZOOP. PAS 重命名为 JOHN. BAK。

（4）将考生文件夹下 FTP 文件夹中的文件 BEER. AVE 复制到同一文件夹下，并命名为 BEER2. BPX。

（5）将考生文件夹下 DSK 文件夹中的文件 BRAND. BPF 删除。

（6）在考生文件夹下 LUY 文件夹中建立一个名为 BRAIN 的文件夹。

第 7 套

（1）将考生文件夹下 JIM\SON 文件夹中的文件 AUTO. BPM 更名为 QUER. MAP。

（2）将考生文件夹下 TIM 文件夹中的文件 LEN 复制到考生文件夹下 WEEN 文件夹中。

（3）将考生文件夹下 DEER 文件夹中的文件 ZIIP. FER 设置为只读和存档属性。

（4）在考生文件夹下 VOLUE 文件夹中建立一个名为 BEER 的新文件夹。

（5）将考生文件夹下 YEAR\USER 文件夹中的文件 PAPER. BAS 移动到考生文件夹下 XON 文件夹中，并改名为 TITLE. FOR。

（6）将考生文件夹下 HUND 文件夹删除。

第 8 套

（1）将考生文件夹下 BIN 文件夹中的文件 OLDFILE. FPT 重命名为 NEWFILE. CDX。

（2）将考生文件夹下 SINK 文件夹中的文件 GUN 复制到考生文件夹下的 PHILIPS 文件夹中，并重命名为 BATTER。

（3）将考生文件夹下 SUICE 文件夹中的文件夹 YELLOW 的隐藏和存档属性撤消。

（4）在考生文件夹下 MINK 文件夹中新建一个名为 WOOD 的文件夹。

（5）将考生文件夹下 POUNDER 文件夹中的文件 NIKE. PAS 移动到考生文件夹下 NIXON 文件夹中。

（6）将考生文件夹下 BLUE 文件夹中的文件 SOUPE. FOR 删除。

第 9 套

（1）将考生文件夹下 FASION 文件夹中的文件 TOP. EXL 复制到同一文件夹中，并将该文件命名为 BOT. DOC。

（2）在考生文件夹下 BUIDE 文件夹中建立一个新文件夹 CAT。

（3）将考生文件夹下 SEEM\YUN 文件夹中文件 NUM. WRI 设置成隐藏和只读属性。

（4）将考生文件夹下 BOARD 文件夹中的文件 GOD. DER 删除。

（5）将考生文件夹下 UBM 文件夹中的文件夹 LIVE 更名为 LAKE。

（6）将考生文件夹下 READ 文件夹中的文件 TEEM. PAS 移动到考生文件夹下 COUNT\KEN 文件夹中，并将该文件名改为 BOT. DOC。

第 10 套

（1）将考生文件夹下 PEACE 文件夹中的文件 HEAP. CPX 移动到考生文件夹下 TEAR\MONT 文件夹中。

（2）将考生文件夹下 FOOT 文件夹中的文件夹 BALL 设置为只读和隐藏属性。

（3）将考生文件夹下 LULAR 文件夹中文件 MOON. CDX 复制到考生文件夹下 SEED 文件夹中，并将该文件改名为 SUN. PRG。

（4）将考生文件夹下 SOFT 文件夹中的 MOUTH. SCR 更名为 NORTH. TCP。

（5）将考生文件夹下 HARD 文件夹中的文件 SUNSONG. BBS 删除。

（6）在考生文件夹下 SOLDER 文件夹中建立一个新文件 LAKE. SOR。

3.4　Word 操作题

第 1 套

1. 在考生文件夹下打开文档 WDT31. DOC。操作完成后以原文件名保存文档。

(1)将标题段("分析:超越 Linux、Windows 之争")的所有文字设置为三号、黄色、加粗,居中并添加文字蓝色底纹,其中的英文文字设置为 Arial Black 字体,中文文字设置为黑体。将正文各段文字("对于微软官员……,它就难于反映在统计数据中。")设置为五号、楷体_GB2312,首行缩进 1.5 字符,段前间距 0.5 行。

(2)第一段首字下沉,下沉行数为 2,距正文 0.2 厘米。将正文第三段("同时,……对软件的控制并产生收入。")分为等宽的两栏,栏宽为 18 字符。

2. 在考生文件夹下打开文档 WDT32. DOC。操作完成后以原文件名保存文档。

(1)将文档中所提供的表格设置成文字对齐方式为垂直居中,水平对齐方式为左对齐,将"总计"单元格设置成蓝色底纹填充。

(2)在表格的最后增加一列,设置不变,列标题为"总学分",计算各学年的总学分(总学分＝(理论教学学时＋实践教学学时)/2),将计算结果插入相应单元格内,再计算四学年的学分总计,插入到第四列第六行单元格内。

学年	理论教学学时	实践教学学时
第一学年	596	128
第二学年	624	156
第三学年	612	188
第四学年	580	188
总计		

第 2 套

1. 在考生文件夹下打开文档 WDT41. DOC。操作完成后以原文件名保存文档。

(1)将标题段文字("搜狐荣登 Netvalue 五月测评榜首")设置为小三号宋体字、红色、加单下划线、居中并添加文字蓝色底纹,段后间距设置为 1 行。将正文各段中("总部设在欧洲的……第一中文门户网站的地位。")所有英文文字设置为 Bookman Old Style 字体,中文字体设置为仿宋_GB2312,所有文字及符号设置为小四号,常规字形。

(2)各段落左右各缩进 2 字符,首行缩进 1.5 字符,行距为 2 倍行距。将正文第二段("Netvalue 的综合排名…… ,名列第一。")与第三段("除此之外,……第一中文门户网站的地位。")合并,将合并后的段落分为等宽的两栏,其栏宽设置成 18 字符。

2. 在考生文件夹下打开文档 WDT42. DOC。操作完成后以原文件名保存文档。

(1)将文档中最后 6 行文字转换成一个 6 行 3 列的表格,再将表格设置文字对齐方式为垂直居中,水平对齐方式为右对齐。

(2)将表格的第一行的单元格设置成绿色底纹,再将表格内容按"商品单价"的递减次序进行排序。以原文件名保存文档。

商品型号	商品名称	商品单价(元)
AX-3	影碟机	1245
KT-6	收录机	654
SR-7	电冰箱	2123
TC-4	洗衣机	2312
YA-8	彩电	4563

第 3 套

1. 在考生文件夹下打开文档 WDT61. DOC,按照要求完成下列操作。

(1)将标题段("调查表明京沪穗网民主导'B2C'")设置为小二号、空心黑体、红色、居中,并添加段落黄色底纹,段后间距设置为 1 行。

(2)将正文各段("根据蓝田市场研究……更长的时间和耐心。")中所有的"互联网"替换为"因特网";

(3)各段落文字设置为小五号宋体,各段落左右各缩进 2 字符,首行缩进 1.5 字符,行距固定值为 18 磅。以原文件名保存文档。

2. 在考生文件夹下打开文档 WDT62. DOC,按照要求完成下列操作。

(1)在表格最后一列的右边插入一空列,输入列标题"总分",在这一列下面的各单元格中计算其左边相应 3 个单元格中数据的总和,并按"总分"降序排列。

(2)将表格设置为列宽 2.4 厘米,行高自动设置;表格边框线为 1.5 磅,表内线为 0.75 磅;表内文字和数据居中。以原文件名保存文档。

考生号	数学	外语	语文
12144091A	78	82	80
12144084B	82	87	80
12144087C	94	93	86
12144085D	90	89	91

第 4 套

1. 在考生文件夹下打开文档 WDT91. DOC,按照要求完成下列操作。

(1)将标题段文字("上万北京市民云集人民大会堂聆听新年音乐")设置为三号、宋体、蓝色、加粗、居中并添加红色底纹和着重号。

(2)将正文各段文字("上万北京市民选择在……他们的经典演出。")设置为小五号、仿宋_GB2312;第 1 段右缩进 4 字符,悬挂缩进 1.5 字符;第 2 段前添加项目符号◆。

(3)将正文第 3 段("一年一度的……国家大事时准备的。")分为等宽的两栏,栏宽为 18 字符。并以原文件名保存文档。

2. 在考生文件夹下打开文档 WDT92. DOC,按照要求完成下列操作。

(1)将文档中最后 4 行文字转换成一个 4 行 5 列的表格,设置表格列宽为 2.4 厘米,行高自动设置。

(2)将表格边框线设置成实线 1.5 磅,表内线为实线 0.75 磅;第 1 行加红色底纹。并以原文件名保存文档。

姓名	性别	职称	单位	工资
李为民	男	教授	计算机系	2500
胡熙凡	女	助教	机械系	1089
刘新民	男	副教授	自动控制系	1980

第5套

1. 在考生文件夹下新建文件 WD091. DOC,插入文件 WT091. DOC 的内容,将标题设置为三号黑体字,加粗、居中,正文部分的字号设置为小四号,字体设置为仿宋_GB2312,对齐方式为居中。存储为文件 WD091. DOC。

2. 新建文件 WD092. DOC,插入文件 WT091. DOC 的内容,删掉标题,将正文部分连成一段,设置为小四号宋体。然后复制4次,前3段合并为一段,后两段合并为一段。每段首行缩进 1.5 字符,将第一段分为等宽的两栏,栏宽 18 字符,第二段左右各缩进 6 字符。存储为文件 WD092. DOC。

3. 制作4行4列表格,列宽 2.8cm,行高 0.8cm,左缩进 0.5 字符;表格边框为蓝色实线 2.25磅,表内线为蓝色实线 1磅,底纹为红色。在考生文件夹下存储为文件 WD093. DOC。

4. 在考生文件夹下新建文件 WD094. DOC,插入文件 WT092. DOC 的内容,第4行是前3行之和,第4列是前3列之和,计算完毕后,所有数字右对齐。存储为文件 WD094. DOC。

第6套

1. 输入下列文字,其字体设置成黑体、字号设置成四号、字体格式设置成加粗,以 WD15A. DOC 为文件名保存在考生文件夹下。

随着计算机的广泛应用,世界各地已采用电子数据交换作为国际经济和贸易往来之主要手段。

2. 输入下列表达式,以 WD15B. DOC 为文件名保存在考生文件夹下。

H_2O

H_2SO_4

$3a^2 - ab - 4b^2$

3. 制作如下所示的 5行6列的表格,表格的各单元格宽度定为 2.3cm,高度为默认值,单元格的字体设置成宋体,字号设置成五号,对齐格式为左对齐,并以 WD15C. DOC 为文件名保存在考生文件夹下。

	星期一	星期二	星期三	星期四	星期五
第1节	语文	数学	数学	语文	数学
第2节	语文	外语	外语	语文	外语
第3节	数学	语文	语文	外语	语文
第4节	数学	语文	语文	数学	语文

4. 复制上列表格,并将复制的表格中各单元格的列宽修改为 1.8cm,并以 WD15D. DOC 为文件名保存在考生文件夹下。

第 7 套

请在"考试项目"菜单上选择"字处理软件使用",完成下面的内容:

＊＊＊＊＊＊ 本套题共有 4 小题 ＊＊＊＊＊＊

1. 在考生文件夹下新建文件 WD051. DOC,插入文件 WT051. DOC 的内容,将标题设置为小二号宋体字、加粗、居中;正文部分按标点分为四段,设置为小四号仿宋_GB2312 字体、加粗、居中、行距 18 磅、字间距为加宽 2 磅。存储为文件 WD051. DOC。

2. 新建文件 WD052. DOC,插入文件 WD051. DOC 的内容,将标题段的段后间距设置为 20 磅,正文文字全部倾斜,第 1 行文字加下划线(单线)、第 2 行文字加边框、第 3 行文字下加波浪线,第 4 行文字设置为空心。存储为文件 WD052. DOC。

3. 制作 3 行 4 列表格,列宽 3.2 厘米,前 2 行行高 16 磅,第 3 行行高 39 磅。把第 3 行前 2 列拆分为 3 列,后 2 列拆分为 3 行。(见下图)。处理完毕后在考生文件夹下存储为文件 WD053. DOC。

	一分店	二分店	合计
一月	207	276	
二月	198	186	
三月	234	222	

4. 在考生文件夹下新建文件 WD054. DOC,插入文件 WT052. DOC 的内容。在表格第 5 行的各单元中计算填入前 4 行相应列的平均值,所有数字右对齐。处理后存储为文件 WD054. DOC。

第 8 套

请在"考试项目"菜单上选择"字处理软件使用",完成下面的内容:

＊＊＊＊＊＊ 本套题共有 4 小题 ＊＊＊＊＊＊

1. 在考生文件夹下,新建文档 WD151. DOC,插入文件 WT151. DOC 的内容,全文设置为四号黑体,字符间距加宽 4 磅,所有英文字母设置为 Impact 字体。存储文件 WD151. DOC。

2. 新建文档 WD152. DOC,插入文件 WD151. DOC 的内容,设置 2 倍行距,左缩进1.5cm,右缩进 0.5cm,存储为文件 WD152. DOC。

3. 制作 3 行 3 列表格,列宽 2cm。填入数据,并将输入的数据设置为蓝色,水平垂直均居中对齐,存储为文件 WD153. DOC。

4. 新建文档 WD154. DOC,插入文件 WD153. DOC 的内容,第 3 行计算并填入前两行的合计,第 3 列计算并填入前两列的平均值。存储为文件 WD154. DOC。

第 9 套

请在"考试项目"菜单上选择"字处理软件使用",完成下面的内容:

＊＊＊＊＊＊ 本套题共有 4 小题 ＊＊＊＊＊＊

1. 新建文档 WD061. DOC,插入文件 WT061. DOC 的内容,全文设置为四号黑体、加粗、居中,字间距加宽 2 磅,行距 18 磅。存储为文件 WD061. DOC。

2. 新建文档 WD062. DOC,插入文件 WD061. DOC 的内容,将全文各段加项目符号◆。存储为文件 WD062. DOC。

3. 制作 4 行 4 列表格,列宽 2.5cm,行高 24 磅。再做如下修改(均匀拆分),并存储为文件

WD063. DOC。

4. 新建文档 WD064. DOC,插入文件 WD063. DOC 的内容,删除最后一行,表格线为蓝色,底纹为黄色。存储为文件 WD064. DOC。

第 10 套

请在"考试项目"菜单上选择"字处理软件使用",完成下面的内容:

＊＊＊＊＊＊ 本套题共有 4 小题 ＊＊＊＊＊＊

1. 新建文档 WD071. DOC,插入文件 WT071. DOC 的内容,全文设置为四号、楷体GB2312,标题居中,加波浪线,所有"Undelete"加双删除线。存储为文件 WD071. DOC。

2. 新建文档 WD072. DOC,插入文件 WD071. DOC 的内容,正文字符间距加宽 3 磅,设置所有"Undelete"为赤水情深的动态效果,存储为文件 WD072. DOC。

3. 制作 4 行 4 列表格,列宽 2cm,行高 18 磅。填入数据。所有数字的颜色为蓝色,水平和垂直均为居中对齐,并存储为文件 WD073. DOC。

序号	工龄	工资	资金
1	7	258	480
2	5	369	450
3	9	480	510

4. 新建文档 WD074. DOC,插入文件 WD073. DOC 的内容,按资金降序排序,并设置外边框实单线 1. 5 磅,表内实单线 0. 5 磅。存储为文件 WD074. DOC。

3.5　Excel 操作题

第 1 套

请在"考试项目"菜单下选择"电子表格软件使用"菜单项,然后按照题目要求打开相应的子菜单,完成下面的内容,具体要求如下:

所有中英文状态的括号、小数位数必须与题面相符合。

打开工作簿文件 SOME2. XLS,按油品名称与销售方式计算整个数据表销售"金额"的合计数,要求操作后表示各种油品名称排在水平一行,表示各种销售方式排在垂直一列,每个加油站在一页中汇总,数据透视表显示位置为新建工作表。

	A	B	C	D	E	F
1	加油站	油品名称	数量	单价	金额	销售方式
2	中山路	70#汽油	68	2178	148104	零售
3	中山路	70#汽油	105	2045	214725	批发
4	韶山路	70#汽油	78	2067	161226	批发
5	韶山路	70#汽油	78	2067	161226	批发
6	中山路	90#汽油	105	2045	214725	零售
7	韶山路	90#汽油	100	2178	217800	零售
8	中山路	90#汽油	68	2178	148104	批发
9	中山路	90#汽油	105	2045	214725	批发

第2套

请在"考试项目"菜单下选择"电子表格软件使用"菜单项,然后按照题目要求打开相应的子菜单,完成下面的内容,具体要求如下:

所有中英文状态的括号、小数位数必须与题面相符合。

1. 打开工作簿文件 EX11. XLS,将工作表 sheet1 的 A1:D1 单元格合并为一个单元格,内容居中;计算"销售额"(销售额＝销售数量 * 单价),将工作表命名为"图书销售情况表"。

	A	B	C	D
1	某书店图书销售情况表			
2	图书编号	销售数量	单价	销售额
3	0123	256	11.6	
4	1098	298	19.8	
5	2134	467	36.5	
6				

2. 打开工作簿文件 EXA. XLS,对工作表"'计算机动画技术'成绩单"内的数据清单的内容按主要关键字为"考试成绩"的递减次序和次要关键字为"学号"的递增次序进行排序,排序后的工作表还保存在 EXA. XLS 工作簿文件中,工作表名不变。

	A	B	C	D	E	F
1	系别	学号	姓名	考试成绩	实验成绩	总成绩
2	信息	991021	李新	74	16	90
3	计算机	992032	王文辉	87	17	104
4	自动控制	993023	张磊	65	19	84
5	经济	995034	郝心怡	86	17	103
6	信息	991076	王力	91	15	106
7	数学	994056	孙英	77	14	91
8	自动控制	993021	张在旭	60	14	74
9	计算机	992089	金翔	73	18	91
10	计算机	992005	扬海东	90	19	109
11	自动控制	993082	黄立	85	20	105
12	信息	991062	王春晓	78	17	95
13	经济	995022	陈松	69	12	81
14	数学	994034	姚林	89	15	104
15	信息	991025	张雨涵	62	17	79
16	自动控制	993026	钱民	66	16	82
17	数学	994086	高晓东	78	15	93
18	经济	995014	张平	80	18	98
19	自动控制	993053	李英	93	19	112
20	数学	994027	黄红	68	20	88

第3套

请在"考试项目"菜单下选择"电子表格软件使用"菜单项,然后按照题目要求打开相应的子菜单,完成下面的内容,具体要求如下:

所有中英文状态的括号、小数位数必须与题面相符合。

1.打开工作簿文件 EX12.XLS,将工作表 sheet1 的 A1:C1 单元格合并为一个单元格,内容居中;计算"人数"列的"合计"项和"所占比例"列(所占比例＝人数/合计),将工作表命名为"在校生人数情况表"。

	A	B	C
1	某大学在校生人数情况表		
2	年级	人数	所占比例
3	一年级	4650	
4	二年级	3925	
5	三年级	3568	
6	四年级	3160	
7	合计		

2.选取"在校生人数情况表"的"年级"列(不含"合计"列)和"所占比例"列,建立"分离型饼图"(系列产生在"列"),标题为"在校生人数分年级比例图",插入到表的 A8:E18 单元格区域内。

第 4 套

请在"考试项目"菜单下选择"电子表格软件使用"菜单项,然后按照题目要求打开相应的子菜单,完成下面的内容,具体要求如下:

所有中英文状态的括号、小数位数必须与题面相符合。

1.打开工作簿文件 EX13.XLS,将工作表 sheet1 的 A1:D1 单元格合并为一个单元格,内容居中;计算"金额"列的内容(金额＝数量＊单价)和"总计"行,将工作表命名为"购买乐器情况表"。

	A	B	C	D
1	某校购买乐器情况表			
2	乐器名称	数量	单价	金额
3	电子琴	6	2159.6	
4	手风琴	4	987.6	
5	萨克斯	5	1167.8	
6			总计	
7				

2.打开工作簿文件 EXA.XLS,对工作表"'计算机动画技术'成绩单"内的数据清单的内容进行自动筛选,条件为"考试成绩大于或等于 80",筛选后的工作表还保存在 EXA.XLS 工作簿文件中,工作表名不变。

第 5 套

请在"考试项目"菜单下选择"电子表格软件使用"菜单项,然后按照题目要求打开相应的子菜单,完成下面的内容,具体要求如下:

所有中英文状态的括号、小数位数必须与题面相符合。

1.打开工作簿文件 EX15.XLS,将工作表 sheet1 的 A1:E1 单元格合并为一个单元格,内容居中;计算"合计"列的内容(合计＝基本工资＋岗位津贴＋书报费),将工作表命名为"职工工资情况表"。(结果的数字格式为常规样式)

2.打开工作簿文件 EXA.XLS,对工作表"'计算机动画技术'成绩单"内的数据清单的内容进行自动筛选,条件为"系别为计算机或自动控制",筛选后的工作表还保存在 EXA.XLS 工作簿文件中,工作表名不变。

	A	B	C	D	E
1	职工工资情况表				
2	职工号	基本工资	岗位津贴	书报费	合计
3	212	498.8	1725.5	27	
4	75	678.6	2315.9	48	
5	362	784.9	3897.3	64	
6					

第 6 套

请在"考试项目"菜单下选择"电子表格软件使用"菜单项,然后按照题目要求打开相应的子菜单,完成下面的内容,具体要求如下:

所有中英文状态的括号、小数位数必须与题面相符合。

1.打开工作簿文件 EX19.XLS,将工作表 sheet1 的 A1:D1 单元格合并为一个单元格,内容居中;计算"金额"列的内容(金额＝数量 * 单价)和"总计"行的内容,将工作表命名为"设备购置情况表"。(结果的数字格式为常规样式)

	A	B	C	D
1	单位设备购置情况表			
2	设备名称	数量	单价	金额
3	电脑	16	6580	
4	打印机	7	1210	
5	扫描仪	3	987	
6			总计	
7				

2.打开工作簿文件 EXA.XLS,对工作表"'计算机动画技术'成绩单"内的数据清单的内容进行分类汇总(提示:分类汇总前先按系别进行升序排序),分类字段为"系别",汇总方式为"平均值",汇总项为"考试成绩",汇总结果显示在数据下方,将执行分类汇总后的工作表还保存在 EXA.XLS 工作簿文件中,工作表名不变。

第 7 套

请在"考试项目"菜单下选择"电子表格软件使用"菜单项,然后按照题目要求打开相应的子菜单,完成下面的内容,具体要求如下:

所有中英文状态的括号、小数位数必须与题面相符合。

1.打开工作簿文件 table13.xls,将下列已知数据建立一抗洪救灾捐献统计表(存放在 A1:D5 的区域内),将当前工作表 Sheet1 更名为"救灾统计表"。

单位	捐款(万元)	实物(件)	折合人民币(万元)
第 1 部门	1.95	89	2.45
第 2 部门	1.2	87	1.67
第 3 部门	0.95	52	1.30
总计			

2.计算各项捐献的总计,分别填入"总计"行的各相应列中。(结果的数字格式为常规样式)

3.选"单位"和"折合人民币"两列数据(不包含总计),绘制部门捐款的三维饼图,要求有图例并显示各部门捐款总数的百分比,图表标题为"各部门捐款总数百分比图"。嵌入在数据表格下方(存放在 A8:E18 的区域内)。

第 8 套

请在"考试项目"菜单下选择"电子表格软件使用"菜单项,然后按照题目要求打开相应的子菜单,完成下面的内容,具体要求如下:

所有中英文状态的括号、小数位数必须与题面相符合。

1.打开工作簿文件 table.xls,请将下列两种类型的股票价格随时间变化的数据建成一个数据表存放在(A1:E7 的区域内),其数据表保存在 sheet1 工作表中。

股票种类	时间	盘高	盘低	收盘价
A	10:30	114.2	113.2	113.5
A	12:20	215.2	210.3	212.1
A	14:30	116.5	112.2	112.3
B	12:20	120.5	119.2	119.5
B	14:30	222.0	221.0	221.5
B	16:40	125.5	125.0	125.0

2.对建立的数据表选择"盘高"、"盘低"、"收盘价"、"时间"数据建立盘高-盘低-收盘价簇状柱形图图表,图表标题为"股票价格走势图",并将其嵌入到工作表的 A9:F19 区域中。

3.将工作表 sheet1 更名为"股票价格走势表"。

第 9 套

请在"考试项目"菜单下选择"电子表格软件使用"菜单项,然后按照题目要求打开相应的子菜单,完成下面的内容,具体要求如下:

所有中英文状态的括号、小数位数必须与题面相符合。

1.打开工作簿文件 ta14.xls,将下列已知数据建立一数据表格(存放在 A1:D5 的区域内)。

北京市朝阳区胡同里 18 楼月费用一览表

门牌号	水费	电费	煤气费
1	71.2	102.1	12.3
2	68.5	175.5	32.5
3	68.4	312.4	45.2

2.在 B6 单元格中利用 RIGHT 函数取 B5 单元格中字符串右 3 位;利用 INT 函数求出门牌号为 1 的电费的整数值,其结果置于 C6 单元格。

3.绘制各门牌号各种费用的簇状柱形图,要求有图例,系列产生在列,图表标题为"月费用柱形图"。嵌入在数据表格下方(存放在 A9:E19 的区域内)。

第 10 套

请在"考试项目"菜单下选择"电子表格软件使用"菜单项,然后按照题目要求打开相应的子菜单,完成下面的内容,具体要求如下:

所有中英文状态的括号、小数位数必须与题面相符合。

1.打开工作簿文件 ta13.xls,将下列已知数据建立一数据表格(存放在 A1:E6 的区域内)。

全球通移动电话

公司	型号	裸机价(元)	入网费(元)	全套价(元)
诺基亚	N6110	1,367.00	890.00	
摩托罗拉	CD928	2,019.00	900.00	
爱立信	GH398	1,860.00	980.00	
西门子	S1088	1,730.00	870.00	

2.在 E 列中求出各款手机的全套价;(公式为:全套价＝裸机价＋入网费或使用 SUM()函数,结果保留两位小数。)在 C7 单元格中利用 MIN()函数求出各款裸机的最低价。

3.绘制各公司手机全套价的簇状柱形图,要求有图例显示,图表标题为"全球通移动电话全套价柱形图(元)",分类轴名称为"公司名称"(即 X 轴),数值轴名称为"全套价格"(即 Y 轴)。嵌入在数据表格下方(存放在 A9:F20 的区域内)。

3.6　PowerPoint 操作题

第 1 套

打开考生文件夹下的演示文稿 yswg2.ppt,按下列要求完成对此文稿的修饰并保存。

(1)将最后一张幻灯片向前移动,作为演示文稿的第一张幻灯片,并在副标题处键入"领先同行业的技术"文字;字体设置成宋体,加粗,倾斜,44 磅。将最后一张幻灯片的版式更换为"垂直排列标题与文本"。

(2)使用"Nature 模板"演示文稿设计模板修饰全文;全文幻灯片切换效果设置为"从左下抽出";第 2 张幻灯片的文本部分动画设置为"底部飞入"。

第 2 套

打开考生文件夹下的演示文稿 yswg3.ppt,按下列要求完成对此文稿的修饰并保存。

(1)在幻灯片的标题区中键入"中国的 DXF100 地效飞机",字体设置为:红色(注意:请用自定义标签中的红色 255,绿色 0,蓝色 0),黑体,加粗,54 磅。插入一版式为"项目清单"的新幻灯片,作为第 2 张幻灯片。

输入第 2 张幻灯片的标题内容:

DXF100 主要技术参数

输入第 2 张幻灯片的文本内容:

可载乘客 15 人

装有两台 300 马力航空发动机

(2)第 2 张幻灯片的背景预设颜色为:"宝石蓝",底纹样式为"横向";全文幻灯片切换效果设置为"从上抽出";第 1 张幻灯片中的飞机图片动画设置为"右侧飞入"。

第 3 套

打开考生文件夹下的演示文稿 yswg6.ppt,按下列要求完成对此文稿的修饰并保存。

　　(1)将第 3 张幻灯片版式改变为"垂直排列标题与文本",将第 1 张幻灯片背景填充纹理为"羊皮纸"。

　　(2)将文稿中的第 2 张幻灯片加上标题"项目计划过程",设置字体字号为:隶书,48 磅。然后将该幻灯片移动到文稿的最后,作为整个文稿的第 3 张幻灯片。全文幻灯片的切换效果都设置成"垂直百叶窗"。

第 4 套

打开考生文件夹下的演示文稿 yswg7.ppt,按下列要求完成对此文稿的修饰并保存。

　　(1)将全部幻灯片切换效果设置成"剪切",整个文稿设置成"Blends 模板"。

　　(2)将第 1 张幻灯片版式改变为"垂直排列标题与文本",该幻灯片动画效果均设置成"左侧飞入"。然后将文稿中最后 1 张幻灯片移到文稿的第 1 张幻灯片之前,键入标题"软件项目管理",设置字体字号为:楷体_GB2312,48 磅,右对齐。

第 5 套

打开考生文件夹下的演示文稿 yswg10.ppt,按下列要求完成对此文稿的修饰并保存。

　　(1)将第 3 张幻灯片版式改变为"垂直排列标题与文本",将第 1 张幻灯片背景填充预设颜色为"薄雾浓云",底纹样式为"横向"。

　　(2)第 3 张幻灯片加上标题"计算机硬件组成",设置字体字号为:隶书,48 磅。然后将该幻灯片移为整个文稿的第 2 张幻灯片。全文幻灯片的切换效果都设置成"盒状展开"。

第 6 套

请在"考试项目"菜单上选择"演示文稿软件使用",完成下面的内容:

打开考生文件夹下的演示文稿 yswg11.ppt,按下列要求完成对此文稿的修饰并保存。

　　(1)在第 2 张幻灯片副标题处键入"让我们一起努力"文字;字型设置成倾斜,40 磅;并将第 2 张幻灯片移动成演示文稿的第 1 张幻灯片。

　　(2)使用"Notebook 模板"演示文稿设计模板修饰全文;全部幻灯片切换效果设置为"随机水平线条";第 2 张幻灯片的文本部分动画设置为"水平伸展"。

第 7 套

请在"考试项目"菜单上选择"演示文稿软件使用",完成下面的内容:

打开考生文件夹下的演示文稿 yswg13.ppt,按下列要求完成对此文稿的修饰并保存。

　　(1)在第 1 张幻灯片上键入标题"电话管理系统",版面改变为"垂直排列标题与文本"。所有幻灯片的文本部分动画设置为"左下角飞入"。

　　(2)使用"冲动型模板"演示文稿设计模板修饰全文;全部幻灯片切换效果设置为"横向棋盘式"。

第 8 套

请在"考试项目"菜单上选择"演示文稿软件使用",完成下面的内容:

打开考生文件夹下的演示文稿 yswg16.ppt,按下列要求完成对此文稿的修饰并保存。

　　(1)在演示文稿开始处插入一张"标题幻灯片",作为演示文稿的第 1 张幻灯片,输入主标题为:"趋势防毒 ,保驾电信";第 3 张幻灯片版面设置改变为"垂直排列标题与文本",并将文本部分动画效果设置成"上部飞入"。

　　(2)整个演示文稿设置成"狂热型模板",将全部幻灯片切换效果设置成"溶解"。

第 9 套

请在"考试项目"菜单上选择"演示文稿软件使用",完成下面的内容:

打开考生文件夹下的演示文稿 yswg17.ppt,按下列要求完成对此文稿的修饰并保存。

(1)在第 1 张幻灯片标题处键入"EPSON"字母;第 2 张幻灯片的文本部分动画设置为"右下角飞入"。将第 2 张幻灯片移动为演示文稿的第 1 张幻灯片。

(2)使用"彗星型模板"演示文稿设计模板修饰全文;幻灯片切换效果全部设置为"垂直百叶窗"。

第 10 套

请在"考试项目"菜单上选择"演示文稿软件使用",完成下面的内容:

打开考生文件夹下的演示文稿 yswg18.ppt,按下列要求完成对此文稿的修饰并保存。

(1)将第 2 张幻灯片版面改变为"垂直排列标题与文本",并将幻灯片的文本部分动画设置为"左下角飞入"。将第 1 张幻灯片背景填充预设颜色为"极目远眺",底纹样式为"斜下"。

(2)将演示文稿中的第 1 张幻灯片加上标题"投入何需连线?",全部幻灯片的切换效果都设置成"纵向棋盘式"。

3.7　网络操作题

第 1 套

某模拟网站的主页地址是:HTTP://localhost/index.htm,打开此主页,浏览"等级考试"页面,查找"等级考试介绍"的页面内容并将它以文本文件的格式保存到考生文件夹下,命名为"DJKSJS.txt"。

第 2 套

某模拟网站的主页地址是:HTTP://LOCALHOST/index.htm,打开此主页,浏览"电大考试"页面,查找"中央电大概况"的页面内容并将它以文本文件的格式保存到考生文件夹下,命名为"ZYDD.txt"。

第 3 套

某模拟网站的主页地址是:HTTP://LOCALHOST/index.htm,打开此主页,浏览"英语考试"页面,查找"CET 考试介绍"的页面内容并将它以文本文件的格式保存到考生文件夹下,命名为"CET.txt"。

第 4 套

某模拟网站的主页地址是:HTTP://LOCALHOST/index.htm,打开此主页,浏览"微软认证"页面,查找"认证注意事项"的页面内容并将它以文本文件的格式保存到考生文件夹下,命名为"认证.txt"。

第 5 套

某模拟网站的主页地址是:HTTP://LOCALHOST/index.htm,打开此主页,浏览"中考高考"页面,查找"高考动态-地方扩招新闻"的页面内容并将它以文本文件的格式保存到考生文件夹下,命名为"GAOKAO.txt"。

第 6 套

向公司部门经理汪某某发送一个 E-mail 报告生产情况,并抄送总经理刘某某。具体如下:

【收件人】WangLing@mail. pchome. com. cn

【抄送】Liuwf@mail. pchome. com. cn

【主题】报告生产情况

【函件内容】本厂超额 5%完成一季度生产任务。

【注意】"格式"菜单中的"编码"命令中用"简体中文(GB2312)"项。

第 7 套

向项目组组员发一个讨论项目进度的通知的 E-mail,并抄送部门经理汪某某。具体如下:

【收件人】panwd@mail. home. com. cn

【抄送】wangjl@mail. home. com. cn

【主题】通知

【函件内容】各位组员:定于本月 10 日在公司会议室召开 A-3 项目讨论会,请全体出席。

【注意】"格式"菜单中的"编码"命令中用"简体中文(GB2312)"项。

第 8 套

向部门经理王强发送一个电子邮件,并将考生文件夹下的一个 Word 文档 plan. doc 作为附件一起发出,同时抄送总经理柳扬先生。具体如下:

【收件人】wangq@bj163. com

【抄送】liuy@263. net. cn

【主题】工作计划

【函件内容】发去全年工作计划草案,请审阅。具体计划见附件。

【注意】"格式"菜单中的"编码"命令中用"简体中文(GB2312)"项。邮件发送格式为"多信息文本(HTML)"。

第 9 套

向学校后勤部门发一个 E-mail,对环境卫生提建议,并抄送主管副校长。具体如下:

【收件人】houqc@mail. scdx. edu. cn

【抄送】fuxz@xb. scdx. edu. cn

【主题】建议

【函件内容】建议在园区内多设立几个废电池回收箱,保护环境。

【注意】"格式"菜单中的"编码"命令中用"简体中文(GB2312)"项。

第 10 套

同时向下列两个 E-mail 地址发送一个电子邮件(注:不准用抄送),并将考生文件夹下的一个 Word 文档 table. doc 作为附件一起发出去。具体如下:

【收件人 E-mail 地址】wurj@bj163. com 和 kuohq@263. net. cn

【主题】统计表

【函件内容】发去一个统计表,具体见附件。

【注意】"格式"菜单中的"编码"命令中用"简体中文(GB2312)"项。邮件发送格式为"多信息文本(HTML)"。